夏井いつきの超カンタン！俳句塾

夏井いつき

はじめに
俳句を知ると、世界が変わる！

テレビのバラエティ番組『プレバト!!』の俳句コーナーをきっかけに、俳句に興味を持ってくださる方がふえてきたのは、大変喜ばしいことです。芸能人のみなさんの俳句が「才能ナシ！」とたたきのめされるのを面白がり、「自分も俳句をやってみたい！」と思い立ち、本書を手にとってくださった方も少なくないでしょう。

俳句とは、一部の人だけの堅苦しくて高級な趣味ではなく、型さえ覚えればだれでもカンタンに作れる「詩歌」。人は万葉集の昔から、生活や仕事、恋や家族など、人生を歌に詠んで生きてきたのです。俳句は、生活のすべてとリンクしており、身の回りのことはどんなことでも詠むことができます。五感を研ぎ澄ませ、よく観察していると、俳句の材料はふだんの生活の中にいくらでも見つけることができます。

たとえば、好きな人ができた、社会人になった、結婚した、子どもが生まれた、孫ができた、定年を迎えたなど、生まれてから死ぬまでのすべての出来事が俳句の材料になりますし、それを俳句に詠めば、それがそのまま自分史になります。

目の前でゴロゴロしている夫やおしゃべりな姑も、俳句に詠めばオリジナリティあふれるあなたの大切な句材となるかもしれません。

私は「100年俳句計画」という志を掲げ、全国の学校や自治体、企業、団体などを回り、俳句の楽しさ、豊かさを広める活動を三〇年以上続けています。一度俳句を覚えると、毎日が劇的に変わります。人生から退屈という言葉がなくなり、悲しいことや苦しいことにぶつかっても、それを乗り越える強大なエネルギーが心の中にみなぎってきます。許容する心が生まれ、想定外なことが起こっても、それを面白がれる人間になれます。家族や周囲の人間関係も変わってくるでしょう。俳句の楽しさに目覚めると、季語をたくさん知りたくなりますから、素敵な日本語と仲よくなれます。そして上達するにつれて、俳人というすばらしく前向きな仲間ができ、俳句談義をするこのうえない愉《たの》しみを味わうことができます。

本書の第一部では、脳科学者の茂木健一郎さんとの対談の模様を再現しています。俳句が人生のいろいろな場面で役立つことを、脳科学的に明快に開示くださり、読むだけで俳句の楽しさ、すばらしさがわかっていただけるはずです。さらに、『俳句ゼミ』として、俳句の基礎的な知識をコラム風にはさみ、理解の手助けとなるよう工夫しました。

第二部では、「仕事」をテーマに私のブログで一般から募集した句を題材にして、添削実例を中心に、実作上のテクニックを指南しています。

そして第三部では、応募句の中から秀句を選び、選評を添えました。

俳句がうまくなるコツは、「とにかく毎日作ること」。一日一句が難しければ、日曜日を俳句デーと決めて七句作ってみてもいいでしょう。大事なのは作り続けること。実作で鍛えていくのです。スポーツと一緒で、ルールは覚える必要があるけれど、まずは走る、ボールを蹴るなどの練習をしなければはじまりません。理論や理屈は作りながら勉強していけばいいのです。

まず一句作ってスタートラインに立ちましょう。

そして同時に、よい作品をたくさん鑑賞することも重要です。作ることと読むことは車の両輪で、どちらが大きくてもうまく進みません。佳《よ》い句を鑑賞し、読み解く力を高めることも、上達への道といえます。

俳句で、あなたの暮らしをイキイキと豊かなものにしてください。

夏井いつき

Contents

Contents

第二部

Contents

第一部

対談

俳句こそ人生だ！

茂木健一郎×夏井いつき

Profile

茂木健一郎（もぎ・けんいちろう）

1962年、東京生まれ。脳科学者。ソニーコンピュータサイエンス研究所シニアリサーチャー。東京大学理学部、法学部卒業後、東京大学大学院理学系研究科物理学専攻博士課程修了。理学博士。専門は脳科学、認知科学。『脳と仮想』で第４回小林秀雄賞受賞。著書多数。

1 俳句で脳トレ！ 老けない脳の作り方

●限界がわからない難しさが脳を鍛える

茂木 夏井先生ご出演のテレビ『プレバト!!』を拝見しましたが、なかなか手厳しいですね。毒舌先生のキャラに震え上がりました。

夏井 早速の「ご挨拶」[注1]をいただき、ありがとうございます（笑）。

茂木 俳句は五七五で作れば一応定型詩として成立しますね。それこそ小学校低学年の子どもにも作れる。僕も作ったことがあります。ご専門の先生を前にしていうのも申し訳ないですが、これが俳句になっていない（笑）。

ここがとても難しいところで、五七五なら俳句なのか、季語が入っていれば俳句なのかというと、そうでもない。では俳句とは何なのか。しかも、オリジナリティのある俳句とは。つまり、俳句の間口は五七五で

---

1 **挨拶**
文芸評論家である山本健吉は俳句の三つの要素として以下をあげている。「俳句は滑稽なり。俳句は挨拶なり。俳句は即興なり」（『挨拶と滑稽』）より

小学生でも詠めるぐらい広いけれど、奥行きは一生かけても極められないくらいに深いものだといえる。これが脳にはとてもいいのです。

夏井　脳によい？

茂木　ここまでで終わりという学びの限界がすぐに見えてしまうものって案外つまらない。ゲームでいえば、クリアした段階で終わっちゃう。脳も楽しくないわけです。脳はちょっとだけ難しいことが大好きなのです。俳句はゲームとは違いますが、仮にゲームだとしたら、エンディングがないゲーム。脳科学の専門用語では「オープンエンド」[注2]というのですが、どこまで行っても終わりがない、どんなに学んでも必ず次のステップがある。俳句は間口が広くてだれでも気楽に入っていけるけれど、一度入ったら奥は深い。そこが俳句のすぐれた点だと僕は思うのです。

夏井　確かにそうですね。私は俳句を広める活動を三〇年以上やってきましたりまして、そのなかで、まず俳句の経験ゼロの人を1にするという「俳句の種まき」に力を入れてきました。そこでは、「五七五のたった十七音で、季語が一つあればできちゃう文学はほかにないよ」と容易さをアピールして誘い込んでいます。でも、そうやって一度俳句の扉を開いてくださると、みなさんがそこから思うままに学びはじめる。やればやる

注2 オープンエンド
どんなに学んでも必ずその先のステップがある状態をいう。学習して何かを知れば知るほど次の疑問がわく。「学習の本質とは、知のオープンエンド性の楽しさを知ることだ」と茂木健一郎氏は述べている。

ほど興味が湧き、やりたいことが次から次へと現れるという。それが俳句の魅力だとみなさんが口を揃えておっしゃいますね。

茂木　昔見た柔道の映画のワンシーンに、師匠が「おまえはまだまだ未熟だ、さらに修行せよ」と弟子を諭す場面がありました。俳句もそういう感じでしょうか。入り口の門は広いけれど、その道のずっと先には注3松《まつ》尾芭蕉《おばしょう》や注4正岡子規《まさおかしき》といった大家がいらっしゃる。おもしろいですよね。

実は最近、外国の方に、「日本の文化で有名なものを二つあげるとしたら何か」と尋ねたら、禅と俳句だと答えました。それほど俳句は海外にも浸透しているのですね。英語の俳句だってあるのですから。ただ、英語の俳句は五七五ではないし、季語も入っていない場合が多い。そうなると、話は戻りますが、俳句とは何でしょうか。

●気づいた瞬間、ドーパミンが湧き出す

夏井　よく同じような質問をされます。いろいろないい方ができると思うのですが、俳句を続けるということは、当たり前のことに気づき直す作業だと私は考えます。

たとえば、そこに花が植えられていて毎年咲いている。そこに木があ

---

3 **松尾芭蕉**（1644～1694）本名宗房。江戸時代前期の俳人。号桃青、別号釣月軒・泊船堂・風羅坊その他。貞門・談林を経て、蕉風俳諧を確立した。各地を旅行し、『野ざらし紀行』『おくのほそ道』など多くの紀行文・句・俳文を残し、俳聖といわれる。

4 **正岡子規**（1867～1902）本名常規。俳人、歌人。愛媛県松山市出身。短歌、俳句の革新に尽力。写生（写実）を提唱した。河東碧梧《かわひがしへきご》桐《とう》、高浜虚子らを育て、『ホトトギス』派の礎を築いた。『俳諧大要』『寒山落木』『病牀六尺』など著書多数。

って毎年虫が鳴きはじめる。それらは自分を取り囲むものとしてずっとそこにあるのに、俳句をやることで「あっ、これがここにあるんだ」ということに季語として気づき直すんですね。それが俳句の楽しさなんだと思います。

茂木　なるほど、そういうことか。

夏井　これは個人的な体験なんですが、俳句をはじめて四、五年たったころ、仲間で雪月花《せつげっか》[注5]をテーマにそれぞれ百句ずつ作ってみようということになりました。一種のトレーニングですね。月の句を百句作るためにベランダや庭に出てよく空を見ていました。ある夜、とても月が明るく、月の後ろの空が明確に見えました。そのときに「夜なのに空って青いんだ」と、当たり前のことにはっと気づいて、その気づき、発見が面白いなと思ったのです。このような季語と季語の周辺にあるようなものに気づき直していくというのが、俳句ではないかと思っています。

茂木　ほほう、それは大変面白い。脳科学をやっている者からすると、発見や気づきというのは脳にとって最大の喜びだといえるのです。

夏井　最大の喜びですか。このとき、脳内ではどのようなことが起きているのですか。

---

5 **雪月花**
唐の詩人白居易の詩の一句「雪月花時最憶君」による言葉で、雪、月、花それぞれの美しいときということで、四季折々を表す。日本では四季の自然美の代表的なものとして冬の雪、秋の月、春の桜の取り合わせが多く用いられる。

茂木　脳内の中脳からドーパミン[注6]という物質が前頭葉のいろいろなところに放出されるのですが、とくに重要なのは「快楽」や「報酬」に関与する「A10神経[注7]」と呼ばれる神経系なんです。これはお酒やタバコなどによっても放出されるもので、依存症とも関係が深いものです。このA10神経を中心とするドーパミンの回路というのは、基本的に、自分が認知していることと出会ったこととの差異に反応するということが、実験的にも理論的にも示されています。

夏井先生が、月を詠もうとされていたときに背景の空が夜でも青い、ということに気づかれた。そのことが、いままでに知っていたこと思っていたことと、実際に体験したこととの差にほかならないのです。そして、その差が意外で深いものであるほど、ドーパミンが放出される。そうすると、脳の中ではドーパミンが出るきっかけとなった回路、この場合でいうと「見る」とか「解釈する」「読み取る」といった回路が強化される。つまり、「強化学習」というのが起こることが知られているのですね。脳の回路が強まる、すなわちその瞬間、夏井先生の脳は強くなったのですよ。

夏井　季語に気づき直す作業で脳が強くなるんですか。その場合、知っ

6 **ドーパミン**
中枢神経系に存在する快感を増幅する神経伝達物質。中脳皮質系ドーパミン神経は、特に前頭葉に分布するものが報酬系に関与して、意欲、学習、動機などの重要な役割を担っている。

7 **A10神経**
脳内の精神系、特に感情を司る神経。脳幹の神経核からはじまり、視床下部、大脳辺縁系を通り、大脳新皮質の前頭連合野、側頭葉へと達する。この神経が刺激され、活性化するとドーパミンが分泌され、喜怒哀楽を感じるとされる。

ているることと、実際の体験がかけ離れすぎていてもだめなのですか。

茂木　どうでしょうか。確かに、自分の常識や既存の観念から飛んでいるものほど気づきにくいということはあります。でも、それができた瞬間に、ひじょうに大きな喜びがあるはずなのです。先生が月の向こうに青い空があるって気づかれたのは、大きな気づきの一つだと思われます。

山路来て何やらゆかしすみれ草[注8]　**芭蕉**

この句の芭蕉の気づきも大きいものだったと思いますが、小さなもの、大きなもの、いろいろな気づきがあっていいのではないでしょうか。

子どもには毎日発見がありますよね。だから小さな出来事にも感動する。けれど大人になると、だんだん世の中が見慣れたものになり、新鮮な驚きがなくなって、灰色に見えてきたりします。

夏井　それが一般的な大人ってヤツでしょうかね。

茂木　だから、ひらめきとか気づきの階段を上るのが難しくなってくるのですが、俳句がそのきっかけになるのではないかと僕は思います。

---

8 **すみれ草**
すみれ（菫）に同じ。春の季語。

●相手の鏡に自分をうつしてみる

夏井　私、「俳句甲子園」[注9]という高校生を対象とした俳句コンクールの運営に、立ち上げから関わっているのですが、その大会に参加する高校生が年々変わってきているなと感じるんです。

茂木　どういうふうに変わってきているのですか。

夏井　俳句甲子園は、五人一チームで競い合う団体戦なんですが、一八年前にスタートしたころは、高校生たちも、よくわからないまま集まって来て、それこそ「五七五になっていて季語が入ればいいんでしょう」という状態でした。何かを表現しようとか、伝えようという意思も希薄で。チーム内での議論もあまり活発ではありませんでした。それが、徐々に変化してきました。昨今では、五人のメンバーが切磋琢磨して一緒に高めていこうという姿勢が見られます。互いの句に対して激しくディスカッションし、終わると「ああ、楽しかった、気持ちよかった」という高校生がどんどんふえてきたのです。そうした議論をする楽しさとか、コミュニケーションの喜びといった経験が彼らの中に根付いていってくれたら、たぶん社会に出たときの立ち方が違ってくるのではないかと思う

---

9 **俳句甲子園**
全国高校俳句選手権大会。毎年八月に松山市で開催される高校生を対象とした俳句コンクール。五人でチームを作り、俳句と議論で競い合う。

のです。それがたとえ、たかが俳句の小さな体験だったとしても。

茂木　それはすばらしい試みだと思いますよ。俳句にしても、作品というのは自分の分身なので、それを他人に褒められるのならまだしも、批判されるのはつらいことです。だけどそれをやらないと自分を磨くことはできないわけです。脳の仕組みでいうと、自分と他人を鏡でうつし合う、前頭葉にあるミラーニューロン[注10]というネットワークが大事だということです。自分の姿は他人の中にある鏡にうつらないと見えない。共感にせよ、ダメ出しにせよ。そのダメ出しをどのように受け入れられるかというのもひじょうに重要なポイントになると思うのです。それを、俳句甲子園という場で高校生たちが体験できるというのはとてもすばらしい。

夏井　自分を他人の鏡にうつすといえば、句会[注11]というのは常にそれをする場ですよね。作者の名前を伏せて選び合うわけですから。自分の句をだれも選んでくれないようなしんどい句会もあります。「なんでだろう。何が読み手に伝わらなかったのだろうか」と反省する場合もあるし、その句会の出席者が俳句歴の浅い人ばかりだと、自分の句が難しすぎたのだろうと結論づけることもあります。いずれにしても、自分の投げたボールがちゃんと戻ってきて、それをもう一度自分でキャッチする、句

10 **ミラーニューロン**
サルやヒトなどの脳内で、自分が行動するときと、他者が行動するのを見ているときとで、両方同じような活動電位を発生させる神経細胞。他者の行動を見て、まるで自身が同じ行動をとっているかのように「鏡」のような反応をするというところからこのように呼ばれる。

11 **句会**
何人かで集まって自作の俳句を回覧し、互いに選句し批評し合う俳句会のこと。各自は一句を一枚の短冊に書き、無記名で投句する。それを各自一定数選んで提出、披講者が読み上げる。

会のシステムって、いま茂木さんがおっしゃったミラーニューロンに通じるところがありますね。

●ハイレベルなもののエネルギーに触れてみる

茂木　僕も句会には二度ほど出席したことがあるのですが、主宰の方も含めて全員匿名で句を発表し、審査をするという仕組みには驚きました。究極の民主主義であると（笑）。その句会にどんな人たちが集まっているのかで選ばれる句は変わりますよね。

夏井　それはもう常にあります。

茂木　資本主義社会におけるマーケットの厳しさ、奥深さという感じですね（笑）。自分が目指すものと「ウケる」ものって必ずしも同じではない。人々が何を求めているのかを知ることはとても大事だとは思いますが。おそらく小学生の句会では、ちゃんと俳句になっていないような「変な句」がウケたりするんじゃないですか。

夏井　そうですね。ウケを狙った「変な句」や、逆に意味がわかりやすいひじょうにベタな句に点数が入ります。

茂木　わかります。だから僕は、学生にはいつも「専門家が高く評価している人は、絶対何かがあるのだから、調べたほうがいいよ」とアドバイスをしているんです。ふだんはJポップを聴いていてもいいけれど、専門家から高い評価を受けているモーツァルトの音楽も聴く時間を作ったほうがいいよと。聴いてみて、モーツァルトの音楽のどこがよいのかを考えてみてほしいのです。俳句もそうですよね。専門家が高く評価した人の句を読んで、その句のどこがいいのかを考えるのは、すごく大事なことじゃないかな。

夏井　そこから学んでいくことはほんとうに多いです。俳句にも、有季定型を重んじる伝統俳句ばかりでなく、型や季語などに縛られない自由律俳句[注12]や前衛俳句[注13]などいろいろあるのですが、有名な作品というのは、伝統も前衛もなく、何かあるんです。詩の核といったらいいのか、エネルギーのようなものが。

　自分は伝統派の立場だから前衛派の句は読みません、というのではもったいない。俳句の楽しさは幅広いのだから、私は端から端まで俳句のよさを全部読み解ける自分でありたいと強く願っています。

---

[12] **自由律俳句**
五七五調十七音の定型にこだわらない自由表現の俳句をいう。長短があり、それぞれ長律、短律と呼ぶ。河東碧梧桐、荻原井泉水《おぎわらせいせんすい》らがこの運動を推進した。

[13] **前衛俳句**
「有季定型」の伝統俳句、写実主義の俳句に対して、社会性俳句を推進した金子兜太や、言語構造の問題から俳句形式を追求した高柳重信らの作った無季俳句をいう。

column
夏井いつきの俳句ゼミ

1 俳句のしくみを知ろう

俳句は簡単にいうと、十七音からなる短い定型詩です。その型には次のような特徴があります。俳句をはじめるに当たって、まず俳句のしくみを覚えましょう。

① 五七五
② 季語が入る
③ 切れ（切れ字）がある

● 五七五

言葉は、意味とともにリズム（拍子）を持っています。五音、七音、五音の言葉のリズムは、日本人の耳になじみやすく、その調べは自然と体の内側に響きます。この五七五は俳句の定型で、図で示すと下のようになります。

古池や｜蛙《かわづ》飛びこむ｜水のをと　芭蕉

五音 **上五《かみご》**｜七音 **中七《なかしち》**｜五音 **下五《しもご》**

最初の五音「古池や」を上五、中の七音「蛙飛びこむ」を中七、最後の五音「水のをと」を下五といいます。ここで合わせて、俳句の表記についても覚えておきましょう。

俳句は五七五の間を一字ずつあけず、一行で縦書きにするのが原則です。

● 季語

季語とは季節を表す言葉ですが、ただ単に四季の区分を示しているわけではありません。「風薫る」という夏の季語を見たときに、どんなことを感じますか？　まず、だれもがさわやかな初夏の風を思い浮かべますね。それから、若葉が匂い立つような明るい日差しだったり、ほおや髪など体に感じる風だったり、あるいはその季節に海辺を歩いた記憶がよみがえったりするかもしれません。「風薫る」といった瞬間に、連想が広がり、たくさんの情景が立ち上がってきます。季語は、こうした魔法の力を持った言葉なのです。

俳句がわずか十七音という短い形式にもかかわらず、時間や空間の広がりを感じさせることができるのは、この季語の働きによるところが大きいのです。俳句を作るときには、この季語の力を存分に利用することを考えましょう。

季語は便利な言葉ですが、一つの句に季語は一つ、「一句一季語」というのが定石になっています。季語は俳句という舞台の主役に当たる言葉です。十七音という短いストーリーに主役が二人、三人といては、収拾がつかなくなってしまいます。

一句に二つ以上季語が使われることもないわけではありません。これを「季重なり」といい、名句もたくさん存在します。

でもそれは、俳句のテーマが明確で、どの季語が主役でどれが脇役なのかがはっきりしている場合です。初心者のうちは、一句一季語で作ることを心がけてください。

●切れ

俳句における「切れ」は、詠嘆や強調を表現するとともに、カット（映像）を切り替える働きもします。代表的な「切れ字」である「や」「かな」「けり」は、調べを整える働きもします。「切れ字」以外の語を用いて「切れ」を発生させることもできます。

切れは、実作のうえで大変重要な技法なので、第二部（→P.七五）で具体的に説明します。

2 俳句で人生が楽しくなる！ 頭もよくなる！

●五感を再生させる言葉の威力

夏井　私が最初に俳句ってすごいなと思ったのは、中学校の教科書に載っていた蕪村の句を読んだときなのです。

斧入れて香におどろくや冬木立[注14]《ふゆこだち》　**蕪村**

とくに俳句に関心を持っていたわけでもない、ふつうの中学生でしたから、国語の一単元ぐらいにしか考えていませんでしたが、この句を読んで文字が目に入り、読み終わった瞬間に、鼻の奥の方に木の匂いがつーんとしてきたのにはびっくりしました。思わず教室にいるのも忘れて「えーっ、何これ」って。それが俳句との衝撃的な出会いだったんです。

画人でもあった蕪村の感性のすばらしさが、俳句の何たるかも知らない中学生の感覚を動かしたということでしょうかね。そういう匂いだと

冬木立[14]
代表的な冬の季語。葉が落ちて枝ばかりとなった冬木が群立している様子を表す。寒々としてものさびしい感じが伝わる。関連季語は寒林、枯木立、冬木など。

初月[15]
秋の月のさやけさを賞して、単に月といえば秋の月を指す。初月は陰暦八月、仲秋初めころの月をいう。まだ細い月だが、名月への期待の気持ちが表れる。関連季語は初月夜。

か、皮膚の感じだとかいうものが文字から再生される。俳句にはそうした力があるんだと思います。

茂木 それはもう夏井先生の才能としかいいようがないですよ。ふつうはそこで、嗅覚にはいかないですから。やっぱりそれは、すぐれた素質がおありになったのだと思うんです。俳句の文字が視覚だけではなく、五感を刺激するのですね。すごいです。

ところで、俳句をなさる方は、自然や四季のわずかな変化も逃さずに見て、表現しますね。たとえば桜にしても、蕾《つぼみ》がほころぶ、咲きはじめる、三分咲き、五分咲き、七分咲き、満開、それから散りはじめ、名残りなどとさまざまな段階の桜を楽しみ、それを句に詠みます。月にしても、初月《しょげつ》[注15]、三日月《みかづき》[注16]、弓張月《ゆみはりづき》[注17]、名月《めいげつ》[注18]などと移り変わる月の様子をいろいろにいい換えたり、喩《たと》えたりして味わいます。待宵《まつよい》[注19]とか十六夜《いざよい》[注20]、立待月《たちまちづき》[注21]などという感性は独特のものです。その微小な変化をとらえるというのが、やはり俳句の命だと思うのです。

実は人間の色覚って、ほ乳類の中では猿などよりも発達していて、最も多くの色を見分けることができるということがわかっています。

夏井 そうなんですか。

三日月[16]
陰暦八月三日の月をいう。夕方西空に細い眉の形に輝き、すぐに地平線に沈む。関連季語は眉月、三日の月など。

弓張月[17]
半月のことで、弓に弦を張った形に似ていることからいう。上弦（上の弓張）は陰暦八月七、八日ごろの夕方から夜浅くの月、下弦（下の弓張）は二十二、二十三日ごろの深夜過ぎの月である。関連季語は弦月、半月、片割月など。

名月[18]
陰暦八月十五日の中秋の月をいう。秋草の花を挿し、新芋や団子を供えて愛でる。関連季語は十五夜、芋名月、今宵の月、望月、満月、明月など。

茂木　それで、なぜ人間の色覚が発達したのかというのには諸説あって、一つには我々の祖先が、森の中で果実が熟すタイミングを見ていたからではないか、というのがあります。もう一つは、人間同士が互いの顔色を詳細に見るためではないかという説です。先生のご主人も、先生の顔色をよく見ていらっしゃると思いますよ。とくに男性は女性の顔色の変化にすごく敏感なものです。

夏井　まあ、大変（笑）。

茂木　そうした細かいさまざまな変化を見分けることは、人間の脳の進化においてひじょうに大事なことだといわれています。そういう意味で、四季の変化が豊かな日本において、自然の細かな変化を見極めて、それを十七音の文字に留める俳句というのは、脳のよいトレーニングになっているのではないでしょうか。

夏井　季語という言葉の存在というのが、そのトレーニングを引き出してくれるということですね。

茂木　ええ、そうです。

夏井　茂木さんが先ほどおっしゃった桜が咲きはじめてから満開になり、散っていく変化をとらえるというお話で思い出しましたが、「残花《ざんか》」[注22]と

---

[19] **待宵**
陰暦八月十四日の宵をいう。翌日の名月を待つという意味である。望月の前夜であることから小望月ともいう。

[20] **十六夜**
陰暦八月十六日の夜、あるいはその夜の月をいう。十五夜よりやや遅れて出る様子を、月がためらっているように見て、いざよう月ともいう。「いざよう」は「ためらう」という意味である。

[21] **立待月**
陰暦八月十七日の夜の月をいう。十五夜からしだいに月の出は遅くなり、今か今かと立って待つうちに月が昇るという意味である。関連季語は十七夜、立待。

[22] **残花**
春の季語である。残る花、名残りの花ともいう。俳句では立夏前の桜は残花、立

いったときと、「余花《よか》」[注23]といったときでは季節が違うというのも面白いでしょう。「残花」は春の終わりごろ、咲き残った桜の花をいい、春の季語です。一方「余花」は、暦の上では立夏を過ぎ、夏になってもなお咲き余る花という意で、夏の季語なんですね。

それから、「桜蘂《さくらしべ》降る」という素敵な春の季語があります。花びらが散ったあと、がくについている細かな蘂だけがこぼれ落ちる時期があるのですね。それが地面に散り敷いていると、そこがピンク色に見える。「そうか、あれは蘂が落ちている色なんだ」と気づく瞬間があります。毎年そこを歩いているので、その場所に桜蘂が降るのは知っているはずなのに、ふっと気づき直す。それが季語とつき合うことの楽しさだろうと思うのですが、脳のトレーニングにもなるとうかがって一層うれしくなりました。

●あらゆる分野に通じる応用力が養える

茂木　夏井先生は松山市[注24]を拠点として活動されているとうかがいましたが、僕も今までに二十回ほど、講演や取材などで松山を訪れています。いまや日本有数の文化都市ですね。正岡子規や高浜虚子《たかはまきょし》[注25]などの俳人も多く

夏後は余花という。

[23] **余花**　初夏になって、若葉の中に咲き残る桜の花をいう。夏の季語である。寒い地方や高い山などで遅れて咲いている花である。関連季語は若葉の花、青葉の花、夏桜など。

[24] **松山市**　愛媛県の県庁所在地。道後温泉など古くから温泉地として開け、夏目漱石、司馬遼太郎などゆかりの文人も多い。正岡子規をはじめ、高浜虚子、河東碧梧桐など多くの俳人を輩出したことから「俳都」と呼ばれる。公式の俳句投稿サイトがある(→P.一五四)。

輩出しているし、注26夏目漱石《なつめそうせき》や注27司馬遼太郎《しばりょうたろう》などの作品の舞台にもなっている。

夏井 俳人として活動していくうえで、松山という土地は大きな力です。いまはお辞めになりましたが、EU大統領（欧州理事会常任議長）をなさっていた注28ファンロンパイさんも、来日の折、多忙な日程の中で松山に来てくださいました。ファンロンパイさんはベルギーの方ですが、俳句集も出版されるなど国際俳人としてもよく知られています。その方が、俳句の都・松山にぜひ行ってみたいとおっしゃった。ありがたいことです。

茂木 ほう、そうですか。俳句外交ですね。

夏井 俳句外交（笑）。ファンロンパイさんは、松山の特別名誉市民でもいらっしゃる。俳句が結んだご縁ですね。

茂木 そういうことがあるのですね。実は、漱石は子規と親交が深く、『吾輩は猫である』などを書く前に、すでに俳句を作っていました。これは大きなポイントだと思います。俳句は近代文学の礎だといっていい。漱石が俳句を嗜《たしな》み、俳句的な物の見方を身につけていたことが、彼の文体にも大きな影響を与えているということは間違いないのです。それは簡潔に世界を切り取って、鮮明に表現するといったらいいでしょうか。脳科学では、脳について「一つのことで訓練した回路は、ほかのいろいろなことに

---

25 **高浜虚子**（1874〜1959）
本名清。俳人、小説家。愛媛県松山市出身。伊予尋常中学時代に正岡子規に入門、『ホトトギス』を主宰。花鳥諷詠を理念とし、客観写生論を提唱。芸術院会員。文化勲章受章。『五百句』『六百句』『定本高浜虚子全集』ほか著書多数。

26 **夏目漱石**（1867〜1916）
本名金之助。小説家、英文学者。東京都新宿区出身。帝国大学文科大学英文科卒。大学時代正岡子規より俳句を学ぶ。イギリス留学後発表した『吾輩は猫である』で名声を得、『坊っちゃん』『三四郎』『それから』『門』などで小説家としての地位を確立。『明暗』執筆中に持病の胃潰瘍が悪化、死去。

も応用が可能である」という考え方をします。それで、俳句を通して、日常の小さなことからひじょうに深い人生の真実までを発見するという経験を積み重ねられた脳は、漱石の場合のように、小説（散文）を書くことにも応用できるのです。僕が東大の理学部物理学科で教えていただいた有《あり》馬朗人《まあきと》[注29]先生は、その後文部大臣もされましたが、著名な俳人でもいらっしゃる。この有馬先生、そして先のEU大統領もそうですが、お二人の物の見方というのは俳句と切り離せないと思うのです。俳句で培われた脳は、文学はもとより、幅広い分野に応用できるということではないでしょうか。

●どんな試練も「句材」になる

茂木　夏井先生は、ご自身で俳句をなさっていて、俳句的な物の見方が役に立つということについてどう思われますか。

夏井　物の考え方がすごく前向きになるというか、プラス思考になっていくのを感じます。たとえば、人と待ち合わせをしていて待たされたとしても、イライラなんてしません。それは、待っている間も、目の前の風景や通り過ぎる人、車などを観察すれば、結構面白いことに出会うからです。それらが全部俳句の小さな材料として認め直され、書き留めら

---

27 **司馬遼太郎**（1923〜1996）本名福田定一。小説家、ノンフィクション作家。大阪府大阪市出身。大阪外国語学校蒙古語科卒。『梟の城』で直木賞受賞。『竜馬がゆく』などで歴史小説の新分野を開拓。『坂の上の雲』では松山出身の秋山真之や正岡子規らを主人公に近代化の進む明治日本を描いた。

28 **ファンロンパイ**（1947〜）ヘルマン・ファンロンパイ。ベルギーの政治家。第66代ベルギー王国首相。欧州理事会常任議長（EU大統領）を2014年まで務める。俳句作家として俳句集も出版。2013年訪日の折、松山市を訪問、交流を深める。

れていくでしょ。待たされたことも、俳句の財産が少しずつたまってい
る時間だとプラスに考えることができるのです。
人生の中で、辛い出来事に出会ったときには、せっかくこんなに辛い
経験をしたのだから、何句か作っておかなければ、と考えるんです。も
う二度と同じ体験はしたくない。だったらいま俳句を作ろうと。自分と
切り離したところでその出来事を見て、俳句の材料としてとらえること
ができる。そうやって乗り切れてきたところはあります。

茂木 いまお話を聞いて面白いなと思ったことがあります。もともと科
学者は、世界は科学で説明できると考えている。神様が自然を作り、そ
れを理解するのは人間の役割であると。自然は数式で理解できるのだと
思っているんです。ただ、そこには欠けているものがあり、それがルネ
サンス以降、芸術が補うものだと思われるようになってきました。だか
ら科学と芸術は車の両輪で、科学や技術がいかに発達して便利になって
も、人間には満たされないものがあり、それを補うのが芸術なんですね。
悲しいことや苦しいことがあったときに、それを科学的に説明されても
あまり助けにはならないじゃないですか。

夏井 それは確かに、ならないわね（笑）。

有馬朗人[29]（1930〜）
物理学者、俳人、政治家。大阪市住吉区出身。東京大学理学博士（原子核物理学）。東京大学総長、理化学研究所理事長、参議院議員、文部大臣、科学技術庁長官などを歴任し、2010年文化勲章受賞。1945年より作句、山口青邨に師事し『天為』を創刊、主宰する。

茂木　失恋した人に、失恋のメカニズムはこうだって説いてもねえ。そのときに芸術の一分野として俳句が助けになると思うんです。

夏井　そうですよね。そういう場所で、みんなが俳句をすることで、自分の人生を少しだけ幸せにできる。俳句って素敵な文学だなあと思います。小説を書ける人はそれでいいですけど、ふつうの人はそう簡単に書けるものではないですよね。俳句は、ふつうの生活をしながらふつうの人が一句作ることで、自分を小さく幸せにしてあげられる。そういうことは間違いなくあると思うのです。

茂木　ほう、そこが日本の文化の伝統の一つともいえるんじゃないでしょうか。余計なものを削ぎ落として本質だけを取り出すという。日本料理[注30]などもそうですが、いま世界的にも注目されている日本の文化の精髄がそこにあるように思います。現代の日本って、意外とそうしたことが忘れられてしまっていてもったいないと思う。ＬＩＮＥとかメールに見られるだらだらとした冗長なコミュニケーション、まあそれはそれでよいのかもしれないですけど。ただ、この日本という国で育ってきた人の中には、やっぱりどこかに俳句や禅などに共通する伝統的な物の見方に対して憧れるところがあるように思います。だから『プレバト!!』を

---

30 **日本料理**
四季折々の多様で新鮮な食材を用い、その持ち味を生かして調理する。陶磁器、漆器など種類の豊富な器を用途により使い分け、空間を生かした盛りつけで、料理全体が繊細である。

見ているとすごく面白い。
いま先生がおっしゃったような、日常の中のある出来事を、短い形でパッと切り取ることで、ちょっとだけ幸せになるということが身につくと、現代に生きる人たちにもすごく役に立つ、助けになると思います。

●苦痛が楽しみに変わる

夏井　俳句が一句完成するまでには、自分のいいたいことが充分に表現できたなというところまで推敲を重ねて整えていく場合と、何かの拍子に一発でポンとできるとき、この二通りがあります。いずれにしても、「できた」と自分で感じた瞬間の達成感はとても大事なことだと思うのです。

茂木　それは、論理的にいうと、負荷が高ければ高いほど達成感は大きいはずです。おそらく俳句をなさる方は、俳句を作っているときには、脳にかなりのプレッシャーがかかっているのではないかと思います。僕は常に俳句をやるわけではないので。

夏井　ときどきはなさる？

茂木　いや、やれといわれたときにですが、あまり思い出したくはないなあ（笑）。それで自分が作句したとても数少ない経験からいうと、脳に対して結構負荷がかかっている。やはり負荷がないと、達成感や爽快感は得られないですからね。ランナーズ・ハイ[注31]ってお聞きになったことがあると思いますが、マラソン中にβ－エンドルフィン[注32]という物質が出て、苦しい状態が軽減され、快感を覚えるという現象。これは一定時間以上走らないと起こらない。俳句を作る場合だったら、「ハイカーズ・ハイ」かな。作品を常に吟味して、より高い水準を求めて推敲を続ける。そうしているうちに、ハイカーズ・ハイが起こる。

夏井 ハイカーズ・ハイって言葉はいいですね。俳句を作っていて、ここが何か違うなあと脳の中であれこれ格闘していると、脳の芯の方がチリチリしているような感覚がしてきます。それが、パズルがはまったように「これだ！」と思った瞬間、そのチリチリしたものが何か「スコーン」とした違う感じになるんですよ。

茂木 その「スコーン」を求めているわけですね。

夏井 そう、それがたぶん楽しいことの一つなんでしょうね。

茂木 俳句をなさる方は、「苦痛は楽しみに変えられる」ということを知っていらっしゃるということですかね。

---

[31] **ランナーズ・ハイ**
マラソンなど一定時間を走り苦しい状態が続くと、そのストレスを軽減するために、脳内にβ－エンドルフィンという麻薬様物質が分泌され、やがて快感や陶酔感を覚えるという現象が起きる。この状態をいう。

[32] **β－エンドルフィン**
脳下垂体から分泌されるホルモン。モルヒネ様物質（オピオイド）で鎮痛・鎮静作用があり、気分が高揚し、多幸感をもたらすため脳内麻薬とも呼ばれる。

夏井　そうですね。苦痛をあまり苦痛とは思わなくなるみたいなことがあるのかもしれないです。

茂木　子どもたちの話になりますが、僕が最も教えにくいところがそこなんです。勉強でも仕事でも、いろいろなことにチャレンジできる人というのは、そのことを知っている人なんですね。チャレンジすることは苦しい、けれどそれを乗り越えたところに喜びがあるということ。これはすごく単純な心理なんですけれど、それができずに悩んでいる子どもがかなりいます。自分は努力ができない、がんばれない人間だという。本人は気づいているのだけれど、どうすることもできない場合が多いのです。それで俳句に話を戻すと、苦しんで工夫して「スコーン」って抜けたときに喜びを感じた。その小さな成功体験から学んだことは、人生のいろいろなことに応用が可能なんだと思います。

夏井　脳へのプレッシャーということでいうと、締め切りギリギリに追い込まれた状態で句を作ったほうが、よい句ができるということはありますか。

茂木　外部的な締め切りと、自分が自分にかけるプレッシャーとは本来切り離せるんですよ。一般論としては、外部的な締め切りと関係なく、自分にプレッシャーをかけることができれば、ある程度クオリティは上がると思う。ただ多くの方は、外部的な締め切りがないと、自分で自分にプレッシャーをかけられないので、そうした事象が生じるということでしょうね。

外部的な締め切りがクオリティにつながったという有名な例としては、キング牧師[注33]の演説があります。あの演説は、直前まで言葉がなかなか決まらなかったようです。半ば即興的にあの名セリフ「アイ・ハヴ・ア・ドリーム（私には夢がある）」が出てきたらしい。そういうケースもありますが、一方で、締め切りより早めに自分のピークをもっていき、句を作る方もいらっしゃる。

夏井先生はどちらのタイプですか。キング牧師タイプですか。

夏井　まさに現場に立ってからが勝負。そうですか、次々に押し寄せる締め切りは、私の脳を鍛えてくれてるってことなんですね（笑）。

33 **キング牧師**（1929〜1968）マーティン・ルーサー・キング・ジュニア。アメリカ合衆国の牧師。人種差別撤廃を目指す公民権運動の指導者として非暴力抵抗運動の先頭に立って闘う。1963年ワシントン大行進で有名な「I have a dream」の演説を行う。68年遊説先のメンフィスで暗殺される。ノーベル平和賞受賞。

column
夏井いつきの俳句ゼミ
2

一物仕立てと取り合わせ

俳句の作り方には、大別すると

①一物仕立《いちぶつじた》て
②取り合わせ

の二つの方法があります。

次の二つの俳句をくらべてみましょう。

紅梅や枝々は空奪ひあひ　鷹羽《たかは》狩行《しゅぎょう》

白梅や父に未完の日暮あり　櫂《かい》未知子《みちこ》

この二つの句には、共通点と相違点があります。共通点は、上五の季語に切れ字「や」をつけるという型を使っていること、もちろん両方とも春の季語ですね。そして相違点は、「紅梅」の句が「一物仕立て」、「白梅」の句が「取り合わせ」であるという点です。

●意外とハイレベルな「一物仕立て」

「一物仕立て」は、季語のことだけで一句を構成する作り方。「一物」とは季語のことです。俳句をよく知らない人は、「一物仕立て」こそが俳句だと思っているようですが、実際に作ってみると大変難しいということがわかります。

それは、一つの対象物（季語）にだけ意識を集中させ、その状態や動作を描写するものだからです。観察に観察を重ね、これまでにない新しい発見や視点から表現することが重要になります。だれもが見ているような中途半端な描写では、ありきたりで面白みのない句しか生まれません。

先ほどの句を見てみると、「紅梅」という対象を凝視して、紅梅の枝がまるで空を奪い合うように上へ上へと伸びている、というさまをダイナミックに活写しています。一種の擬人法ですが、その表現が新鮮ですね。

このように、「一物仕立て」には、観察力、観察を続ける根気、そして独自の表現力が要求されます。俳句歴の長い俳人であっても、「一物仕立て」の佳句が次々とできるわけではありません。事実、「一物仕立て」の句数は、「取り合わせ」にくらべるとはるかに少なく、それだけ初心者には難しい作り方といえます。

●バラエティに富む「取り合わせ」

一方、「取り合わせ」は、ある季語に、それと一見関係のない季語以外の言葉を取り合わせる作り方です。これにより、相乗効果が生まれ、連想が広がることから「二物衝撃《にぶつしょうげき》」ともいいます。

「白梅」の句では、「父」という言葉を配して、白梅の咲きはじめる早春のころ、人生の日暮れを見ることもなく、この世を去った父を詠んでいます。温かさや艶やかさを感じさせる「紅梅」ではなく、凛としたイメージを持つ「白梅」を取り合わせているところにも注目してください。

本項のまとめとして、以下の二点を覚えておきましょう。

①「季語」と「季語とは関係のないフレーズ」とが取り合わせられることで、言葉と言葉が響き合ったり、火花を飛び散らせたりします。それによって詩を発生させるのが、「取り合わせ」という技法です。

②初心者が作る最初の一句は、この「取り合わせ」の基本型からはじめることをおすすめしています。俳句入門の名著『20週俳句入門』（藤田《ふじた》湘子《しょうし》著）でも、この型を修得することを推奨しています。

「俳句ゼミ3」（→P.四八）でも解説しておりますので、みなさんも挑んでみてください。

3 俳句で脳が若返る！ 認知症も防げる！

●若々しい脳は好奇心がカギ！

茂木　俳句というと、お元気な高齢者が多いように思うのですが。

夏井　ええ、多いですね。頭も確かだし、体もしっかりしているし、それから弁も立つ（笑）。そういう方が多い。俳句をやる人は、よく歩きますね。「あそこのお寺の藤が咲いたので見に行こう」などと出かけたりします。世の中の動きに敏感になるし、本を読んだり、調べものをしたりするので、目も手も頭もフルに働かせている。いちばん大きいのは、好奇心が衰えないことではないでしょうか。

茂木　脳内の快感や報酬に関係するドーパミンという神経伝達物質は、新しいことに挑戦して、自分が予想していなかったものに出会うことでふえていくわけです。だから、いま先生がおっしゃった好奇心を発揮して、どんどん新しいことにチャレンジし、未知の体験をしていくことが大事なんですね。自分が知っている世界だけではなく、知らないものにも向き合っていくことをしないと、ドーパミンも出なくなります。ドーパミンが出ないと脳の回路も強まらない。脳の回路が強まると、認知症[注34]にもなりにくいということは、さまざまなデータから明らかになってきています。

夏井　やはりそういうことはあるのですね。

以前、松山市の研究グループが、認知症予防などに用いられる脳トレの四則計算と、俳句を作るときの脳の活性化の度合いを調べる実験をしたことがあります。

茂木　結果はどうでしたか。

夏井　それが、俳句を作るときのほうが、計算をするよりも、脳が活発に働くことがわかったのです。被験者には、何年も俳句をやっていらっしゃる俳人もいれば、初心者もいたのですが、脳の活性化の度合いと俳句歴は関係がなかったようです。もちろん、句の上手、下手もですが。一生懸命に俳句を考え、五七五に作ろうとすることで、脳の働きが強まったということです。

認知症[34]
脳の病変などにより、認知機能が低下し、その結果日常生活に支障をきたしている状態をいう。アルツハイマー型認知症、脳血管障害による血管性認知症、レビー小体型認知症などがある。

茂木さんが冒頭でおっしゃったように、終わりがすぐに見えてしまうものは、脳も「つまらない」って意識が切り替わってしまい、そこで働きが失速するということのようです。俳句を作っているときの脳では、そうしたことは起こりませんでした。

俳句は体も頭も元気にしてくれるばかりか、老化や認知症予防にも役立つすばらしいものなのですね。

●バイリンガルのように脳を使う

茂木 こんな喩《たと》え方をしたら変かもしれないのですが、僕は、俳句をなさる方の脳はバイリンガルに近いのではないかと思っているんです。

そもそもバイリンガルの方は、認知症になりにくいというデータがあります。日本語のほかに他国語を併用するというのは、それだけ脳内の言語の回路を強く使っているわけなので、認知症にはなりにくいということなのです。

俳句をやっていらっしゃる方は、日本語を使い分けているように思います。日常会話の日本語と俳句で用いる日本語は、いろいろな意味で違います。注35文語体であるということや、季語や注36切れ字の存在もそうです。

35 **文語体**
とくに平安時代の語を基礎として形成された言葉（文語）で綴った文章様式。歴史的仮名遣いで書かれ、口語体とは異なる文法を持つ。俳句や短歌によく用いられる。

36 **切れ字**
「や」「かな」「けり」などの語のこと。一句に切れを生じさせ、詠嘆や強調、余韻を生む。また、句の調子を整えて俳句らしいリズムを与えるとともに、場面（カット）を切り替える働きをする。

日常のより散文的な日本語と、俳句的な日本語を使うときの脳の領域が異なるのです。これはある種、バイリンガルじゃないかと思いますね。

夏井　散文《さんぶん》[注37]を作る脳と、韻文《いんぶん》[注38]を作る脳は違うということですか。

茂木　そうだと思います。基本的に脳は、モジュール構造[注39]になっているので、処理する情報の性質が違えば違う回路、もしくは回路の組み合わせによって処理が行われるので、当然違います。

夏井　へえー。それは発想するところから違うということですね。文法的な枝葉の話ではなくて。

茂木　そうですね。オーバーラップは当然あるとは思うんですけど、脳のモードとしてはまったく別のモードなので。ですから、一般論なのですが、「脳を鍛えて老化を食い止め、認知症を予防しよう」というのであれば、いろいろな違うモードで脳を使うのが効果的であるということです。

日常会話のモードはみなさんすでに使っていらっしゃるわけですから、それ以外に、俳句で日本語にアプローチするというモードを持っていることで、そのぶん脳が鍛えられるということ。スポーツジムでいうと、違うマシーンを使って筋肉を鍛えるようなものですよね。

散文[37]
五七五などの音数や音節、句法などに制限のない通常の文章のこと。小説や随筆、評論など。

韻文[38]
音数によるリズムやアクセント、子音・母音の配列など、一定の音声上の形式に従って書き表された文章のこと。詩や俳句、和歌など。

モジュール構造[39]
工学などにおいて交換可能な独立性の高い部品（単位）のことをモジュールという。脳のモジュール構造は独立して作動する回路のことである。

夏井　なるほど。認知症予防の体操で、頭で計算しながら歩いたり、別の二つの動作や作業を同時にやったりするということと同じですか。

茂木　あの体操も、結局、ふだんと違う活動をすることで脳に負荷をかけて、そのことにより、違う形で脳の回路を強めておき、その結果脳の衰えを防ぐということなんです。

夏井　そうなんですか。

茂木　くり返しになりますが、脳は一般に負荷をかけないと強くならない。これは筋トレも一緒ですね。

夏井　おっしゃるとおり。

茂木　だからラクをしてはダメだということです。俳句は絶対にラクはできない。のんびりした老後の楽しみではないですよね。夏井先生も、未だにラクはしていらっしゃらないですよね。

夏井　はい、楽しいんだけど、ラクはしていない（笑）。

茂木　先生のような大御所でもラクじゃないのが俳句を作るということだから、そういう意味では、とてもよい脳のトレーニングになっているのだと思います。

●集中力を高めて俳句脳に切り替える

夏井　先ほどの作句はバイリンガルに近いというお話は、何かストンと腑に落ちました。それで思いついたことがあります。

飲食店などで、その場で「席題《せきだい》」注40を出し、15分間と時間を区切って何句か作り、発表する句会をすることがあるのですが、そういうときは、思いがけない句が飛び出してくるものなんです。それは、締め切りギリギリの追い込まれた状況で句を作るときとは、また脳の様子が違うと思うのですが。

茂木　まさに脳のモードが切り替わるんじゃないですか。

夏井　そうです。さあ俳句を作るぞという態勢に入るために脳がギアを切り替えるのか。そうやって集中すると、関係のない単語と単語がふいに出会うということがあって、なんでこのような句ができたのか、自分でもまったくわからないという場合もある。

茂木　興味深いですね。

夏井　動物園に吟行《ぎんこう》注41に出かけ、いろいろな動物の檻の前で一〇句ずつ作るということをやったことがあります。トラの檻の前で一〇句作ったら

席題[40]
俳句に詠み込む季語や言葉が、句会の当日に参加者に発表されること。またはその題目（テーマ）のこと。「兼題」は前もって告げられている題目。

吟行[41]
作句や作歌などのために、題材を求めて同好者が郊外の名所・旧跡などに出かけること。通常は参加者が作品を持ち寄り、指導者の選を受けたり、互いに批評し合う。

次にゾウの檻に移動してまた一〇句作るということを順にくり返す。それでフクロウ舎に来たときに、そこがあまりに暗くて何も見えないので、早くそこから出たいという思いで急いで一〇句作ったのですね。そして明るい場所に出てその句を読み直したら、自分でも驚くような句ができていました。いま、夏井いつきの代表句といっていただいている句の中の一句、二句はそのフクロウ舎の暗闇で作ったものなんです。

茂木　よくわかります。そういうことはありますよね。

夏井　この時間の中で一〇句作らなければ、というある種の縛りをかけて集中したときに、本来の意味ではないものが現われてくる。それが先ほどおっしゃった、散文を作るときの脳と、韻文を作るときの脳では、モードがまったく違うということにつながるのかもしれません。

●メンタルも鍛えられる

夏井　句会ライブ[注42]で各地を回っていると、医療に携わっている方々も来てくださるのですが、そこで、「うつ傾向の患者さんが俳句をはじめたら、表情がイキイキとしてきました」というようなお話を聞くことがあります。また、私のやっているラジオ番組のリスナーで、精神的な病気を抱

句会ライブ[42]　小学生から大人まで、幅広い年代を対象に開かれる俳句会。一〇〇〇名以上（過去最大では三〇〇〇名）の参加者が一緒に作句から批評までを楽しむ。全員で議論し、多数決により最優秀句（グランプリ）を決定する。

えている方が、「一日一〇分ほどの放送を聴くだけで、気持ちが前向きになって、外出も苦にならなくなりました」と喜んでくださる。

高齢者の介護施設などで、俳句がレクリエーションとして行われているのはよく聞いていましたが、「認知症の予防どころか治療にも使っています」と医療現場の方々が話してくださる。医療にも役立っているのだと思うと、俳句に携わる者としてとてもうれしい気持ちです。

茂木 おそらく、関係性欲求も大きな要因としてあるのかなと思います。俳句は、作ったものを発表してだれかにコメントをしてもらったり、互いに評価し合ったりしますね。そうすると、シェアする、あるいはつながるという喜びがそこに加わります。それは、やはり脳のかなり大きな報酬となる。そういう意味で、高齢者がそのやり取りをきっかけに、脳が活性化され、アンチエイジングするということは大いにあると思いますよ。

夏井 俳句は自分で作ってそれでもう満足、という方もいらっしゃらないわけではありませんが、ふつうは、俳句ができたら、発表して人に読んでもらいたいと思うものです。句会がまさに脳を活性化する場となるってことですね。

茂木　俳句を作るときに、オリジナリティのある発想や言葉を見つけ出すことってとても大事ですよね。そうした発想やひらめきはどのようなメカニズムで生まれるのかというと、基本的には、脳の大脳皮質にある側頭連合野《そくとうれんごうや》[注43]に蓄えられた記憶のさまざまな要素を、引っ張ったりつなげたり、あるいは組み合わせたりして生み出されるものなのです。

その過程で、ある意味、過去の人生を振り返るといったらいいのかな、いままで積み上げてきたさまざまな人生の時や思い出を回想するということをしているわけです。これは、心理療法[注44]の一つとして確立された回想療法[注45]のアプローチともいえます。

俳句をひねるとき、過去の経験を思い起こそうと、記憶を辿ったりしますね。たとえば、今年は七十回めの春だとしたら、子どものころの春はこうだったな、いまの春はこうだ、というように。そこにはさまざまな感情、思いがあるわけで、そうした気持ちを俳句に表現します。そうすると、ふだんは使っていない昔の記憶の回路も活性化するので、脳全体の回路が強まる。これは、いわゆる回想療法につながる効果だといえます。

夏井　季語が楔《くさび》のようなものになっていくということなのでしょうか。

側頭連合野[43]
大脳皮質にある五つの連合野のうちの一つ。視覚野と聴覚野からの情報を元に音や形、色を認識する。記憶の貯蔵庫ともいわれている。

心理療法[44]
精神障害や心身症などの治療において、薬物などを用いたりせず、カウンセリングの概念を中心に用いて認知や行動の変容をもたらし、精神的健康の回復や保持を図る理論と技法をいう。

「今年もまた、桜が咲きました」、そこから思い返すのですね。

茂木　「楔」というのはとてもよい喩えです。ですから、たとえば七十年間生きてきた方にとっては、桜を見たときによみがえってくる思い出の厚みが、二十歳の若者や六歳の子どものものとは全然違いますよね。その積み重ねた厚みが思い出されるということで、いい俳句ができる。と同時に、その厚みの記憶がよみがえることが、脳全体の活性化につながって、アンチエイジングになるということだと思うのです。

夏井　思い出の厚み＝経験の豊かさから滲み出てくるものがアンチエイジングとなり、その結果できた句を褒めてもらうと、脳が喜ぶ。褒めてくれた人は、みないい人に思えてきます（笑）。そういう外側のコミュニケーションの回路もまた活性化していくということですね。

回想療法[45]　過去の記憶を引き出し、共感しながら心の安定をはかる心理療法。脳が刺激されることにより認知機能の改善が期待でき、認知症高齢者への治療にも活用されている。

column
夏井いつきの俳句ゼミ
3

「取り合わせ」のコツを覚えよう

「一物仕立て」が初心者には難しい作り方であることは、理解していただけたと思います。ここでは「取り合わせ」の技法、その中でも基本中の基本である型を紹介し、実作のコツを解説します。

●「取り合わせ」の基本型

五音の季語
＋
季語とは関係のない十二音のフレーズ（俳句の種）

ステップ１・最初に「俳句の種」を作る

「季語とは関係のない十二音のフレーズ」を、私は「俳句の種」と呼んでいます。まずは「俳句の種」を作ることからはじめます。

「俳句の種」は、自然や風景、人や動物、それらの様子や動作など、日常生活のあらゆる事柄から見つけることができます。俳句には、これを詠んではいけないというルールはありませんから、どんなことでも「俳句の種」になります。

手垢のついた表現や、だれもが書きそうなことを避け、新しい視点、発想からオリジナルな「俳句の種」作りを目指しましょう。

ここで、なぜ「季語」から作らないのかということを考えてみます。季語を先に決めてしまうと、初心者ほどその季語のイメージに引きずられて、どうしても季語の状態を説明するような句になってしまうのですね。

そうすると、類想類句《るいそうるいく》、似たり寄ったりの句

のオンパレードになりがちです。ですから、自由に発想してもらうためにも、「俳句の種」を先に作ることをおすすめしているのです。

「俳句の種」を十二音に整えるときには、その中に季語を入れないようにするということも守ってください。十二音のフレーズに季語が入ると「季重なり」の俳句になります。そうはいっても最初のうちは、どの言葉が季語に当たるのかがわからず、作者の意図に反して複数の季語が入った句を作ってしまうことは大いにあります。それは仕方のないことです。

はじめから「季重なり」を心配していたら一句もできなくなってしまうので、恐れずにどんどん作っていきましょう。実作していくうちに、知っている季語が少しずつふえてくればいいのです。

ステップ2・「俳句の種」に合うイメージの季語をつけ加える

季語は『歳時記《さいじき》』を使って調べることができます。『歳時記』とは、季語を集めて季節ごとに分類し、解説や例句をつけた書物です。俳句をはじめるに当たって一冊は手元に準備しておきたいものです。

はじめのうちは、十二音のフレーズが悲しそうな調子なら悲しそうな気分を表す季語を、楽しそうな調子なら楽しそうな気分を表す季語を選ぶようにするとよいでしょう。

季語は、季節感だけではなく、作者の気持ちや感情をも表現してくれるものです。短い俳句では、感情をそのまま言葉にはせず、対象（物）を通して表現するのが原則です。十二音のフレーズで伝えたい思いを、五音の季語に託すのです。

この「取り合わせ」の基本型のポイントは、好奇心のアンテナを張り巡らせて、おもしろい「俳句の種」を見つけることと、「歳時記」と親しくなり、季語のいろいろなイメージを知ることです。

4 俳句に人生が表れる！ ストレスに強くなる！

●親子のきずなを深める最高のツール

夏井　句会ライブには、小さなお子さんも、ご家族と一緒によく来てくださいます。小学校低学年や幼稚園の子どもたちに俳句を教えるにはどうしたらよいのか、という質問をたびたび受けます。

私はまず、「子どもたちの言葉の中に『俳句の種』がたくさんありますから、子どもたちの言葉に耳を傾けてやってください」とお願いします。

茂木　なるほど。

夏井　子どもの発想はオリジナリティの宝庫。ひとりひとりが個性にあふれているでしょう。いきなり五七五の俳句を作りましょう！　ではなく、まずは十二音の「俳句の種」探しをする。それは、子どもの言葉に対して大人がしっかりアンテナを立てるところからはじまるのです。親と子のコミュニケーションという点からも、とても有効な方法ではないかと思います。そうしてできた一行詩のようなものが、新聞の子どもの俳句欄に投句されてきたりするんですが、そんな中に、ちゃんと俳句になっている作品もあるのです。

茂木 確かに有意義な方法だと思いますね。脳の中では、言葉を処理する領域と音楽を処理する領域は、ひじょうに共通性が高い。だからこの場合、俳句を通して五七五のリズムから言葉に興味や関心を持ってもらうということは、子どもの脳にとってもスムーズに入りやすく、脳の発達を促すことにもなります。

夏井 指を折って一緒に数えるという共同作業を通じて、親子の関係が一層深まるようにも感じます。指遊びの感覚で、知育にもなりますしね。

茂木 俳句は子育てのよいツールになるということです。

夏井 私、幼児向けの俳句カードが出回っていることを知って、なんだかうれしくなり、すぐに購入して、ときどき眺めているんです(笑)。

俳句カードとは、「うめいちりんいちりんほどのあたたかさ」などの句が、絵とともにカードになっているものです。以前、幼稚園を見学し

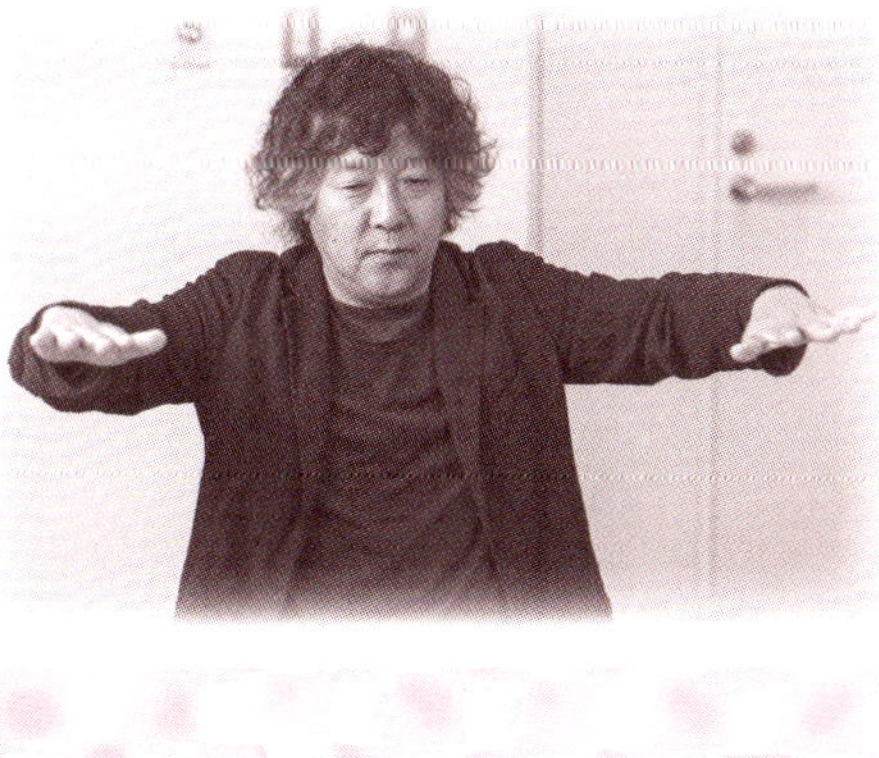

言葉を処理する脳と音楽を処理する脳は共通性が高い(茂木)

たときに、先生が俳句カードを一枚ずつ見せながら、そこに書かれた俳句を読んで聞かせ、それに続いて子どもたちが大きな声で復唱していました。意味はわからなくても、子どもたちは言葉の音を楽しんでいるのです。茂木さんがおっしゃった、言葉と音楽を司るところがリンクしているということがわかるような気がします。

●コミュニケーション能力もアップ！

茂木　親子にしても兄弟にしても、案外ふだんはなかなか自分の思いを互いに話さないものですよね。それが、その人の作った俳句を読むことで「こんなことを考えているのか」「こういう一面もあるんだ」ということに気づき合う。この意味は大きいと思います。

夏井　句会ライブでは、決勝に残る五～七句までは私が選句をするのですね。それで、会場に集まった数百人の参加者全員で議論をして、多数決で一位の句を決めるという仕組みです。もちろん作者の名前は隠して行います。そこにご家族で参加されていて、自分の息子の句だとは知らずに、母親なり父親なりが「あの句いいね」と褒めたりするケースもあります。その後、作者が立ち上がって名乗るのですが、隣の席の息子が

「僕です」と立った瞬間に、驚きの大歓声が上がる。「うちの息子がこんなにナイーブなことを考えていたんだ」と感激する。こうした光景が句会ライブではよく見られるのです。

茂木 俳句を通じて深いところでのコミュニケーションがとれるということですよね。十七音で自分の思いを伝える。これぞ俳句の力です。

夏井 短い言葉のかけらの向こう側にあるものを、読み手が豊かに想像してあげることが肝になりますが。

茂木 俳句には定型性があるから、かえって本音が出やすいんじゃないでしょうか。散文で作文を書くとなると、構えちゃうところがあるけれど、五七五だと油断するのかもしれませんね。思わず本音が漏れる。

夏井 不思議ですね、たった十七音なのに。句会の間隔が開いて、一カ月ぶりに俳句を見せてもらったときに、この方はこの一カ月、しんどかったんじゃないかとか、すごくいいことがあったようだなどと、俳句には直接詠み込まれていないのに、伝わってくるものがあります。私の句も、みなさんがそういうふうに読み解いているかもしれないと思うと、俳句ってなかなかおそろしい文学だなと思います（笑）。

俳句には直接詠み込まれていないのに、伝わってくるものがあります。なかなかおそろしい文学だなと（夏井）

●病気や死をも俯瞰《ふかん》してみる

茂木　人生のさまざまな場面を切り取って俳句として残す。それはそのまま自分史になりますね。たとえば病床句《びょうしょうく》[注46]や辞世《じせい》[注47]の句のように、病気や死を俳句に詠むことで心身が浄化され、救われるということがありますか。

夏井　救われるというか、たとえ病気のようなネガティブなことでも、俳句に詠むことで自分を客観視できるということではないかと私は思っています。正岡子規に、絶筆[注48]三句とよばれる有名な句があります。そのうちの二句は次のようなものです。

をととひの糸瓜《へちま》の水も取らざりき

痰一斗糸瓜の水も間にあはず

子規は二十代で結核[注49]を発症し、そこから脊椎《せきつい》カリエス[注50]になって、亡くなる前の三年間ほどは寝たきりでした。病がかなり進行して、家人が痰《たん》を出すための薬となる糸瓜の水を一昨日も取らなかった、そして痰が大量に出て糸瓜の水薬も間に合わなかったという意です。

糸瓜咲て痰のつまりし仏かな

病床句[46]　病を患い入院または療養中に詠む俳句をいう。病気の苦痛や不安、不自由さを客観視して詠んだ名句は多い。病床の俳人として正岡子規や川端茅舎らが知られる。

辞世の句[47]　人がこの世を去るときに詠む句。

絶筆[48]　その作家が生前最後に書いた作品や筆跡のこと。

結核[49]　結核菌を吸い込むことによって起こる伝染性の病気。進行とともに微熱や寝汗、咳、痰、喀血が起こる。かつては不治の病とされたが、化学療法の進歩により、死亡率は激減した。

前の二句とはまったく違う作り方ですね。体はかなり衰弱して痰を切る力もなくなり、やがて喉に詰まらせて死に、仏となった子規自身が真ん中にいて、庭先の糸瓜棚《へちまだな》[注51]には糸瓜の花が咲いている。自分はそれをどこか上の方から見ている、つまり俯瞰しているという句になっています。死後の自分の姿や糸瓜棚の様子を、独特の客観性で俳句にしています。

俳句をずっと続けていくと、そこまで客観視ができるんだなと思います。私は自分の「死」をそのように想像できたら、ちょっとラクになる。死ぬということに向き合いやすくなるのではないかと、常々考えているのです。

茂木　終活ですね。

夏井　子規の大らかな精神に学びたいです。

茂木　エンディングノート[注52]に書き残すのもいい。

夏井　生涯に作った俳句を並べてみたらエンディングノートになるかもしれません。

茂木　病気や死ですらも、俳句の材料として客観的に眺められるということですね。

夏井　そうできたら理想的ですね。実は昨年、主人に肺がんが見つかり、

---

[50] **脊椎カリエス**
肺結核などの結核菌が脊椎に感染することによって起こる結核性脊椎炎。背中に鈍痛が起こり、微熱が出たり、やせたりする。進行すると膿がたまり、脊椎が破壊されて彎曲し、半身不随や寝たきりになる。

[51] **糸瓜棚**
糸瓜はウリ科、つる性の植物で、軒先などに棚を作ってそのつるを這わせ、実を生らせる。古来、つるの切り口から採った糸瓜水は化粧水、痰切り、咳止め薬として用いられた。

[52] **エンディングノート**
人生の終末期に、死に備えて自分の人生の記録や、残された家族などに伝えたい情報を書き留めておくノート。市販品もある。

手術をしたのですが、それも客観的に眺められたことで耐えやすくなったのだと思います。主人も術後、ＩＣＵから病室に移ると、せっかく肺がんになったのだから俳句にしなければと、作句に励んでいました。先輩俳人の方々は「俳句には生憎《あいにく》という言葉はない」とおっしゃいます。俳人は、雨が降ったら降ったでその風情を喜ぶ。風が吹いても喜ぶ。俳句の眼で眺めたら、人生はどんなことがあっても、「生憎」ではない。

茂木　そういう境地に到達することができたらすばらしいですね。

●ありのままを受け入れるトレーニング

茂木　集中力を高めたり、創造性を培ったりする目的で、大手外資系企業が研修に取り入れている「マインドフルネス」[注53]という概念があります。もともとチベット[注54]の瞑想《めいそう》[注55]から来ている言葉で、アメリカの研究者がトレーニングとして提唱し、いま日本でも注目されています。物事のありのままを、何の判断も評価もせずに受け入れるということなんですが、先ほどの「客観視をする」というお話で思い出しました。たとえば、身近にいる人が怒っているとしたら、怒っていることに慌てたり、怒っていることの正否を判断したり、怒っていることに対して何か反応しなけれ

マインドフルネス[53]
アメリカの研究者が集中力を高めるトレーニングとして考案したもの。「今この瞬間」の体験に注意を向け、目の前の現実をあるがままに受け入れること。呼吸に集中するエクササイズなどがある。

チベット[54]
中国南西部にある自治区。住民の大部分を占めるチベット族は仏教信仰を価値観の中心に据え、平均海抜四〇〇〇メートルの高原に適応した独自のチベット文化を発展させた。チベット仏教はラマ教ともいい、その最上位（法王）はダライ・ラマである。

ばいけないということを考える前に、まず、「いまこの人は、こうやって怒っている」という、そのこと自体をそのまま受け止めることなのです。創造的な頭の使い方にとても近いといえます。

子規が絶筆三句を詠んだ境地は、このマインドフルネスなんじゃないかと思う。目の前に迫った死に対して、悔しいとか無念だとかの評価をせず、そのまま受け入れる。すごい境地ですよね。ご主人の肺がんも受け入れられたわけですね。

夏井 肺がん騒動の中で、私が「ああ、それはそうだな」と思ったのは、夫から「なるようにしかなりませんから」といわれたときですね。よくも悪くも、なるようにしかならない。じたばたしたところでどうにもならない。「おっしゃるとおりです」と。それで私の気持ちも落ち着いていったということがあります。

茂木 子規の親友であった漱石ですが、彼が晩年に求めたのは「則天去私《そくてんきょし》」[注56]でした。私心を捨て、天地自然の摂理にゆだねて生きていく。『吾輩は猫である』の猫も、最後は甕《かめ》の中に落ち、溺れて死んでいきますが、最終的にはそれを受け入れるという作品ですよね。そういった精神は、作句によって培われるということなのでしょうね。

瞑想[55]
心身をリラックスさせて静かに座り、目を閉じて雑念を消し、一つのことに意識を集中させ、心を静めること。集中力を高め、脳の全般的な能力を高める効果があるとされる。

則天去私[56]
小さな私にとらわれず、天地自然に身をゆだねて生きること。夏目漱石が晩年に理想とした境地。宗教的な悟りを意味するとも考えられている。

夏井 ありのままをそのまま受け取り、大騒ぎしない練習。

茂木 「猫」といえば、ゴロゴロと鳴くじゃないですか。あれは骨や筋肉の成長を促す作用があるとされ、気持ちのよいときだけでなく、動物病院に連れて行かれたときのようなストレス下でもゴロゴロと鳴くそうです。あの低周波の音が骨や筋肉の細胞に働きかけて、骨折したときには再生を促すらしいのです。俳句は、猫のそのゴロゴロに似ているなと、なぜかいま思い出してしまいました。

夏井 それはいい得て妙です(笑)。確かに心地よいときもゴロゴロだし、つらいときもゴロゴロ。でも、それで自分のどこかが強化されていると思うと、少しうれしくなりますね。

茂木 俳句を詠むと強化されるのですよ。マインドフルネスに戻りますが、元になったチベットの瞑想には二種類あって、一つは世の中すべての人に愛を向けるというもので、もう一つはいま自分が感じていることをそのまま受け止めるというものです。マインドフルネスの概念は、後者から派生しているようです。おそらく句会などでも、いま目の前で起こっていることをそのまま受け止めるということが大変大事なポイントのはずだと思います。僕は田舎が好きでよく行きますが、都会育ちの人が田舎に行くと、中には「何もないじゃない。つまらないから帰る」という人がいます。それはマインドフルネスではありませんね。目の前の事象をそのまま受け止めることができない。それができないと、いい俳句は作れないですよね。

夏井　確かに、俳句を続けていると、性格も変わってくることがあります。短気で怒りっぽかった方が、周囲の人や物を冷静に観察するように心がけていくうちに、性格が穏やかになったり、寛容になったりというケースがたくさんあります。どんなことも俳句の種にしようと、好奇心も育ちます。ひじょうに自己意識の強い方も、作句で周囲に興味をもつようになり、他者もしっかり見られるように変わっていく。たくさんの人たちが俳句に救われているなと感じます。

茂木　自己主張しても、いい句になりませんからね。

column

夏井いつきの俳句ゼミ

4 「俳句の種」を見つけるには

オリジナルの「俳句の種」を探すには、日ごろからそれをキャッチするためのアンテナを張っておくことです。いままで見ているようで見ていなかった事物、気づかなかった小さな出来事を句帳や手帳などに書き留めておきましょう。

●「俳句の種」は日常の何気ない物事から

なにも風光明媚な場所に出かけたり、珍しい体験をしたりする必要などないのです。たとえば毎朝乗っている通勤電車の中で、気になる人がいたときに、その人のどんなところが自分の関心を引いたのだろうかと、その理由を考えてみます。疲れたような顔つきをしていたからなのか、それともイキイキとした明るい表情だったからなのか。そのときに自分の気持ちを動かした原因を究明していきます。一時間後には忘れてしまうような些細なことであっても、句帳に残しておき、帰宅してからその光景を頭の中に再生すれば、そこからさまざまに連想が広がっておもしろいフレーズが浮かんだりします。

そうした日常の「あれっ」「おやっ」と思ったところに「俳句の種」はあるのです。

●「ズーム」「アウト」で発想を飛ばす

物を見るときの、視点を変えて見るというのも、発想を豊かにするうえで役立ちます。

いま、机の上に一本のボールペンがのっているとします。これはどこかオフィスの机だろうか？　ひょっとしたら交番の机で、ボールペンはだれかの忘れ物だろうか？　今度はボールペ

ンを仔細に見ます。この変わったマークは何だろう？　先が欠けているのはどうしてだろう？

次々と想像していきます。少し視野を広げて部屋の様子にも注意を向けます。窓の外に見えるのは東京タワーだろうか？　部屋が暗いけれど蛍光灯が古いせいだろうか？

これをカメラ（映像）のテクニックにたとえてみましょう。ズームインしてボールペンの細部までとらえる、ズームアウトやパン（カメラを左右、上下に動かす）してボールペンと机や部屋などの位置関係を示したり、周辺の様子を広範囲に映し出す、というふうになります。

このようにして対象を見る視点を絞り込んだり、広げたりして想像を巡らせていくことで、独自の発想が得られます。

新しい視点、発想で対象がとらえられても、わずか十七音しかない俳句では、どうしても同じような言葉を使った「類句」になりがちです。とくに、刷り込まれたイメージで対象を表現すると、類句に陥ることが多いのです。

よく見かけるのは、枯れ葉が散り敷いている様子を見て「落ち葉の絨毯」、赤児の小さな手を見て「紅葉のような手」というような表現です。この作者にはほんとうに落ち葉が絨毯のように見えたのでしょうか。紅葉の葉の形をよく観察したでしょうか。

また、太鼓の音をよく「ドンドンドン」という言葉で表しますね。太鼓を叩いてよく聞いてみてください。大太鼓、小太鼓など太鼓の種類によって音が異なるし、叩き方によっても変わります。

こういうものだと思い込み、深く考えずに言葉にすると、似たり寄ったりの同じような句になってしまうのです。表現するときは、自分の目、耳、鼻、口、手を総動員して、感じたものを素直に言葉にしてみましょう。五感をフルに使い、新鮮でオリジナリティのある発想や自分らしい表現を見つけ出してください。

5 俳句の達人になるには

●俳句は感覚的で抽象的なもの

茂木 いままた俳句熱が再燃している気配ですが、一般の方の俳句のイメージって、五七五になっていて季語が入っている、それを満たせばいいんじゃないか、というところで止まっている気がします。季語をたくさん知っていれば偉いと思われたり。

夏井 俳句の高度なテクニックをやたらと使いたがったり、斬新さばかりを目指す方もいますね。

茂木 俳句とは、もっと抽象的、あるいは感覚的なものだと思うのです。それは、読み解ける人には理解できるけど、何だかわからないという人には理解することができない、というような感じになってしまう。そこが初心者には、いちばんのがんばりどころのような気がします。本書を読んで、よし俳句をやってみようと思った方には、そこに取り組んでいただかないと、もったいないと思うのですが。

夏井　散文のように、正しい意味を伝達するというのとは違うところに、詩歌の世界は存在します。この曖昧な意味をどうやって楽しんだらよいのかとか、この曖昧な世界をどう味わったらよいのかということと格闘すると、読み解き方がわかるようになってくる。大人になってわかる食べ物の味ってありますよね。それに近いかもしれない。意味のわからない曖昧な世界をどんどん楽しめるようになっていく。そういう面白さが、俳句の扉を開けた向こうにあるのです。

茂木　そういう曖昧なものを楽しむ気持ちって、本来みんな心のどこかに持っていると思うのです。だから、俳句を詠める、味わえるのは特別な人だけだと思ってほしくないですね。だれにでも扉は開いている。

夏井　俳句を鑑賞するとは、作者が込めた思いは何なのか、どんな思いで詠んだのかを自身の想像力を総動員させることによって、作者が描いた世界を思い描き、共有する作業です。ただし、解釈のしかたには正解がないから、読み手によっていかようにも受け取っていい。多種多様の解釈を受け入れる懐の深さが俳句の魅力でもあります。

俳句を詠める、味わえるのは特別な人だけだと思ってほしくないですね。だれにでも扉は開いている（茂木）

茂木　説明されていないものや、はっきり言葉に表されていないものを理解しようとすることは、五感を総動員して取り組む意識的な行為だから、自分の中のすべてが引き出されやすいんですね。脳科学的に見ても興味深いです。いいたいことをそのままいわないで、「行間を読む」とか「言外の意味をくみ取る」というのは、日本人の文化ですよね。美学ともいえる。

夏井　いいたいことをそのまま表現したり、説明したりすれば、散文になります。俳句は一行の詩ですから、思いは季語や事物に託して表現します。限られた字数の中でどれだけ読み手の想像力をふくらませられるか。「こんなこともいいたい」「これも盛り込みたい」という思いをどんどん捨て去っていく。その作業に尽きると思います。

茂木　いかに捨てるか、が大切なのですね。ところで、夏井先生が「才能アリ！」とされる俳句ってどんな俳句なんですか？

夏井　発想が面白いか。うまく描写されているか。そのうえで一行の詩になっているかどうかを見ます。

茂木　発想力と描写力がカギですか。

夏井　とにかく十七字しかありませんから、その中でいかに発想の面白さ、つまり独自性を出すかが分かれ目でしょうか。発想を磨くということは、なにも奇をてらったり、特殊な表現をしたりするのとは違います。「きっとこうだろう」というイメージで俳句を作ると、だれもが思いつきそうな俳句になってしまいます。

茂木　似たり寄ったりな俳句になってしまう。

夏井　そう。俳句では「類想類句《るいそうるいく》」といいますが、同じような俳句ばかりができてしまう。そうならないためには、刷り込まれたイメージを一度ぶち壊すことです。ありきたりで凡庸な発想から抜け出すことができます。

茂木　五七五に当てはめて季語があれば終わり、ではなく、どうせならよりよい俳句を作りたいものです。俳句の達人になるにはどうすればいいでしょうか。

夏井　毎日一句でもいいから俳句を作ってみる。それが無理なら、「日曜日は俳句の日」と決めて、必ず日曜日には一句作る。その積み重ねです。

茂木　それならできるかもしれない。
夏井先生はどんなふうに俳句を作っておられるのですか？

夏井　小さな俳句手帳をいつも持ち歩き、目に留まった「俳句の種」を書き留める作業に多くを費やします。それらを眺めながら、集中して一気に俳句を作ります。実作で鍛えていくと、どんどん上手になります。理屈はさておき、まずは作ってみることです。

茂木　先ほど、評価の高い句にも触れてみようといいましたが、ほかの人の句を鑑賞することも俳句脳を鍛えるには有効でしょうか？

夏井　作ることと並んで読むことも大切です。これらは車の両輪のようなものです。佳《よ》い句をたくさん読んで読み解く練習も合わせて行うことが上達への道といえます。

茂木　ところで、俳句を作っていくうちに、次第にだれかに読んでもらいたいという欲求が生まれてきそうですね。

夏井　そうです、俳句は自己表現ですから、人に読んでもらってはじめて完成すると思っています。ですから、できた作品はどんどん発表したほうがいいと思いますよ。

茂木　どんな発表の場がありますか？

夏井　新聞や雑誌の俳句欄やテレビの俳句番組などに投句する方法があります。一句ずつ添削や批評をしてもらうというわけにはいきませんが、しっかりとした選者に取り上げてもらえれば励みにもなります。どんな形であれ、自作が俳句欄に載るのはうれしいですし、ほかの人の作品の選評を読むことは鑑賞の勉強にもなります。

茂木 やはり、選者がいるということがポイントですね。たとえば、文化センターやカルチャースクールなどの俳句教室に通うというのはどうですか。

夏井 俳句の講座で句会を経験するのが最も力になります。それなりの費用はかかりますが、これらの講座は、やめるときの手続きが簡単なのもいいですね。逆にもし、そこの講師の句風が好みに合えば、その俳人が主宰する[注57]俳句結社《はいくけっしゃ》に入門することもできます。

●俳句こそ人生だ！「みんなの俳句」

夏井 次の第二部では「仕事」を兼題にしてブログで募集した句を載せています。私が選句をして、四〇句については添削をしました。第三部では、優秀だった三〇作品については、秀句として一句ずつ選評を書かせてもらいました。テーマが「仕事」なので、作者の職業もさまざまでしょう。そうした市井の俳人たちの作品が集められ、本として編まれて

俳句結社[57]
一般に、主宰者を中心に集まり定期的に俳誌（結社誌）を発行し、句会や吟行を行うなどして俳句を楽しむ俳人の集団のこと。現在全国に一〇〇〇を超える俳句結社がある。

いく試みが、一つのプロジェクトになっていったらいいと思っているのですが。

茂木　平成の『万葉集』[注58]じゃないですか。

夏井　そういうものが作れたらいいですね。

茂木　それができるのだとしたら、日本の文化のもっともすばらしいところですね。つまり、『万葉集』には、村人の歌から防人《さきもり》、貴族、天皇まで、さまざまな人々の歌が集められています。このように、あらゆる人が詩を読む、歌を詠むということを前提としている文化は、やはりすごいといえる。ヨーロッパでは、詩というのは、一部の詩人がインスピレーションにかられて作るもので、一般の人が作るものではない、という思い込みがあるわけです。

でも、アインシュタイン[注59]は「すべての人は天才である」といっているんです。もしも、魚に木に登れといったら、魚は登れなくて、その登れないことを一生劣等感として抱えて生きていくだろうと。魚には魚の才能があり、鳥には鳥の才能がある。そのように考えたら、だれにでも天才的能力があるのだけれど、それを社会が一つの型に当てはめようとしてしまう。そういう意味において、『万葉集』が、ありとあらゆる人が

---

[58] **万葉集**　現存する最古の歌集で、二〇巻から成る。成立は奈良時代末期七五九年以降で、大伴家持が編纂に携わったとされる。仁徳朝の伝承歌から淳仁天皇時代の和歌まで約四五〇〇首を集める。作者は天皇、貴族から官人、防人、庶民まで広い階層に渡る。

[59] **アインシュタイン**（1879〜1955）　アルベルト・アインシュタイン。ドイツ生まれのユダヤ人の理論物理学者。チューリヒ工科大学卒。ナチスのドイツを逃れアメリカに渡り、プリンストン高等研究所で研究する。特殊相対性理論、一般相対性理論で有名、現代物理学の父と呼ばれる。光電効果の研究によりノーベル物理学賞受賞。

歌を詠めるということを前提にしているというのは、日本のすばらしいところです。ヨーロッパでは考えられないことですよ。

夏井　ほんとうにすごいと思う。「あなたの仕事を俳句にしてください」といったら、みなさんが当たり前のように「それでは一句」と作ってくださる。こんな国はほかにないですね。茂木さんも一句どうですか（笑）。

column

夏井いつきの俳句ゼミ 5

『歳時記』と友だちになろう

見つけた「俳句の種」を育て、季語の力で俳句という花を咲かせるには、季語の意味や性格をよく知っておくことが必要です。それには『歳時記《さいじき》』と仲よくならなければなりません。

●季語の大事典「歳時記」

『歳時記』は、季語を春、夏、秋、冬、新年に大別し、さらに季節ごとに時候、天文、地理、生活、行事、動物、植物のジャンルに分類しています。

たとえば、「朧月《おぼろづき》」は「春・天文」、「滝」は「夏・地理」、「柿」は「秋・植物」、「小春」は「冬・時候」、「雑煮」は「新年・生活」に分類されています。このように「歳時記」には、四季折々の自然や人々の暮らしのあらゆる事象が詰められています。

『歳時記』には小型でハンディなものから、大型で高価なものまでいろいろあります。書店で手にとって使いやすいと思ったものを選ぶとよいと思いますが、最初は小型の『歳時記』や『季寄《きよ》せ（歳時記を簡略にしたもの）』で充分でしょう。

参考までに私が個人的に愛用している『歳時記』をあげておきます。

『カラー版 新日本大歳時記』全五巻／講談社
『平凡社俳句歳時記』全五巻／平凡社
『新歳時記』平井照敏編 全五巻／河出文庫
『殿様ケンちゃん俳句手帳』／マルコボ.コム

手に入れた『歳時記』は、いつも持ち歩き、

折にふれて眺め、慣れ親しむことが大切です。

そういうと、中には「『歳時記』を買ったので一生懸命読み、全部の季語を覚えてから俳句をはじめます」という人がいます。季語を全部覚えないと俳句をはじめられないと思い込んでいるのですね。

そうではなく、季語を一つ知ったら、その一つの季語で俳句は作れますから、実作を通して、季語の知識をふやしていくようにしましょう。

●季語を体験し、実感する

「季語を知る」ということは、ただその言葉を「知識として知っている」ことではなく、季語の現場に立って体験したり実感したりして、自分のものにすることです。

「風花《かざはな》」という美しい季語があります。冬のよく晴れた日に、雪が風下に吹き送られてちらつく様子を指す言葉です。

風花や波路のはては空青き　水原《みずはら》 秋桜子《しゅうおうし》

こういう美しい言葉があるんだなという認識があり、あるとき実際に旅先などで、真っ青な空に風で飛ばされた雪の粒が舞っているのを見た瞬間に、「ああ、これが風花だ」と実感されるでしょう。まさに季語の意味が体に入った瞬間です。

知識や認識を頼りに、頭の中だけで俳句を作っていると、スランプに陥ったときなどに、なかなかそこから立ち上がれないものです。自分は俳句に向いていないのではないかとさえ思いだします。

一方、季語の現場に立つことを楽しむタイプの人であれば、スランプのときでも「季語から力をもらおう」と考えます。

「いまは俳句が作れなくても、あそこのお寺の紫陽花がきれいだから見に行ってみよう」と行動を起こします。

そしてその季語の現場からまた、俳句の力を授かるのです。

memo

夏井いつきの俳句こぼれ話
辛口査定の基準はコレ！

『プレバト!!』で芸能人のみなさんの句を添削することになり、はじめはあまりのヘタさに困惑するばかりでしたが、それでも何とか俳句に仕立てようと格闘を続けているうちに、私の中でも俳句のメカニズムが整理されてきたことは大きな収穫でした。

十七音しかない俳句では、助詞の一字を変えただけで、がらりとニュアンスが変わったり、極端な場合は意味が違ったりしてくることもあります。

また、動詞の選び方、活用の仕方によって、一句の中で生まれる効果も変わります。たとえば、ここの助詞は「で」ではなく、「に」にしたほうが何ゆえよいのか、ということをきちんと説明するために、助詞の「で」と「に」の働きをもう一度調べ直したりしました。

そうすると、「に」という助詞は後ろに静的な動詞がくるときに機能するものであり、「で」は後ろに動的な意味を持った動詞がくるということがわかってきます。「炬燵《こたつ》『に』」といったときと「炬燵『で』」といったときの違いを、理屈で理解できると、どちらを使うかというときに迷わなくなるのです。

そのようなある種の「発見」が私の中にたくわえられてきて、あらためて日本語のすばらしさに気づくと同時に、俳句がシステマティックな文学であるということを再認識することになりました。

また、俳句の才能のアリ・ナシを査定するときの評価の基準も定まってきました。

参考までに述べますと、詩を作ろうという意思があり、詩のかけらが発見できる作品を「才能アリ」としています。「凡人」は、詩を作ろうという意思はあり、作者が伝えようとした意味は通じるものの、発想が平凡であったり、叙述が散文的であったりするものについての評価。そして、意味が読み取れないか、かろうじて意味は伝わるものの、詩的ではないものを「才能ナシ」としています。

第二部

辛口先生の俳句道場

「仕事」を詠む

平成の仕事人の俳句・四〇句を徹底添削！

第二部では、実際の俳句を題材に、作句のポイントを解説していきます。

今回、「仕事」をテーマに私のブログで俳句を大募集したところ、八四九句の投句がありました。

仕事とは、経済活動だけにとどまらず、家事や庭仕事、大掃除などの年中行事も含まれます。人生の大半は、実は仕事でできていて、うれしいことも、楽しいことも、悲しいことも、悔しいことも、仕事を通して人は経験するのではないでしょうか。

仕事とは、膨大な数の人々の思いが表れる大きな海。

奈良時代に編集された最古の和歌集『万葉集』には、天皇、貴族から下級官人、防人まで、さまざまな身分の人たちが詠んだ歌が集められています。

ここでは、『平成の万葉集』よろしく、「一億総活躍」が叫ばれる現代の仕事人たちの俳句を添削してみました。

表記の基本①

五七五の間はあけず、一行縦書きにするのが俳句の基本的な表記です。

高い所　任せて街の　電気屋さん

桜花（シルバータウンの電気屋）

添削後

山笑うシルバータウンの電気屋さん

〔講評〕

CMのキャッチコピーのような軽やかな一句ですが、季語が入っていないのが残念。桜花さんの自称職業名「シルバータウンの電気屋」はそのまま「俳句の種」になりそうな詩の言葉ですから、こんな春の季語と取り合わせてはいかが。「山笑う」は春の山のこと。春の山も街の電気屋さんの活躍を応援しているよ、という明るい気分の句になります。また、五七五の間はあけないのが基本です。

※一言アドバイス
「労災は、家族の心、ずたぼろよ！／人見直樹の先輩」
こうした句に時折お目にかかりますが、句読点や感嘆符を使わなくても、「切れ」（→P.二三）等のテクニックで表現できます。

表記の基本②

［五七五］と［一句一季語］が俳句のシンプルな約束。まずは基本の型を守りましょう。

風呂洗い家事する夫の得意顔

お気楽主婦

↓

添削後

風呂洗い家事する夫山笑う

〔講評〕

季語の入っていない句です。この句に季語を入れるには、不要な言葉を取り除かなくてはいけません。試みに、下五「得意顔」を外してみます。下五に季語を入れると、俳句の約束をクリアすることができます。先ほど覚えた季語「山笑う」を使ってみましょうか。下五の季語「山笑う」の明るさが、風呂を洗い、家事をする夫の得意顔や妻の笑顔を想像させてくれます。季語には、作者の気持ちを表現する力もあるのです。

※一言アドバイス

［十二音のフレーズ（俳句の種）］＋［五音の季語］を取り合わせるのが基本型。まずは十二音のフレーズ作りから練習してみましょう。

基本の型①

五音の季語＋季語とは関係のない十二音を組み合わせてみましょう。

はらへったライオンにえさやるしごと

りんと（小1）

添削後

ライオンにえさやるしごと春の風

「ライオンにえさやるしごと」というフレーズ、すごくいいですね！「はらへった」と書かなくても、きっとライオンはおなかがへっているんだろうなと想像できるので、下五に季語を入れると素敵な句になるよ。

俳都・松山の市立難波小学校の子どもたちからも、憧れの仕事を詠んだ作品が届きました。

〔講評〕

「エジソンは発明王だ春の空／小2藤江凛人」
「冬の空さかもとりょうまだいかつやく／小2株田淳史」
「冬の朝先生いつもわらってる／小2田口汐梛」
「テントはりほふく前進夏の空／小4荻山祐」
「先生の書く文字きれいカーネーション／小5髙橋楓馬」
「父さんのエンジン入る夏の空／小5立花幸晟」
「校長室に笑顔の写真冬ぬくし／小5山本陽奈」

中七は七音に収めるのが定石です。

春の日やガラスペンで生死を綴る

都乃あざみ（元戸籍係）

添削後

生死綴るガラスのペンよ春の日よ

〔講評〕

［三十数年前、戸籍係に配属されました。その当時、戸籍はガラスペンで書いていました］というコメントが添えられていた一句。「春の日」という季語と「ガラスペン」「生死」という言葉が美しく取り合わせられています。

惜しいのは、中七が六音、下五が七音になっている点です。中七は字余り、字足らずにしないのが定石。長い単語を詠み込みたいなど、どうしても音数が余ってしまう場合は上五を字余りにして、中七下五で調べを整えましょう。

「〜よ」「〜よ」と呼びかけることで優しい調べとなり、季語「春の日」にも「ガラスのペン」にも美しい陰影が生まれます。

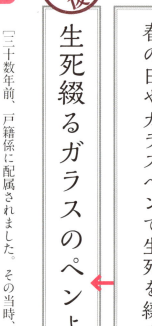

季語の入れ方①

作者の気持ちを表現してくれる季語を探しましょう。

ぶれず行く出過ぎた杭は磨かれる

狸漫住（教員）

添削後

木枯や出過ぎた杭は磨かれる

〔講評〕

「出る杭は打たれる」という慣用句がありますが、下五「磨かれる」に含蓄があります。上五に中七下五の感慨に似合う季語を探してみましょう。

上五に入る季語が変わると、場面や心理や時間も変わってきます。

※一言アドバイス

「物すべて誰かの仕事ありがとう／ハル」

「イクメンと煽てし夫の甲斐甲斐し／台所のキフジン」

季語の入らない二句。下五「ありがとう」「甲斐甲斐し」の気持ちを表現してくれる五音の季語を探してみましょう。

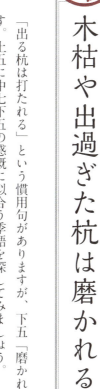

季語の入れ方②

作者の意図を表現してくれる季語を見つけましょう。

鏡越しサインポールと母の腕

さや（経理）

添削後

鏡越しのサインポールと母の夏

〔講評〕

「鏡」「サインポール」とありますから、「母」は理容師さんだったのでしょうか。「母の腕」といいたい気持ちはわかりますが、季語を入れるためには「〜腕」の一語をあきらめるしかなさそうです。「腕」の二音を使って季語を入れてみましょう。

字余りにはなりますが、上五を「鏡越しの」とすることで、まずは「鏡」、そこに映り込む「サインポール」という順に映像が再生されます。「夏」という溌剌《はつらつ》とした季語が、元気に自信を持って働く「母」の様子を想像させてくれますね。

季重なり①

一句に複数の季語が入ること。俳句は一句一季語が基本です。

草茂る農夫は歯噛《はが》み梅雨の空

およしこ（主婦＠夫の両親が農家）

添削後

雑草に農夫歯噛みす梅雨の空

【講評】

「草茂る」「梅雨」はともに夏の季語。どちらの季語も自分こそが主役だと主張しているので、作者が何を伝えたいのか、読み手は迷ってしまうのです。草がどんどん育ってきているのに、草引きができない「梅雨の空」を見上げて「歯噛み」している様子を述べたいのであれば、「草茂る」を別のいい方に変えてみましょう。「歯噛みす」は、歯噛みをするという動詞になります。「農夫」の動作を中七でいい切ることによって、下五「梅雨の空」という季語も生きてきます。

※一言アドバイス

十七音に複数の季語を入れるとお互いを殺し合います。上級者になれば「季重なり」の秀句も作れるようになりますが、初級者や中級者のうちは一句一季語からの練習です。

季重なり②

季語が複数になった場合、どちらを選べばより内容がわかりやすいかを考えましょう。

年の暮れ寒さと猫が妨害す

Belle（事務員）

←

添削後

大掃除寒さと猫が妨害す

〔講評〕

「年の暮れ」と「寒さ」がともに冬の季語です。季重なりも問題ではありますが、さらに悩ましいのが、「寒さと猫が」何を「妨害」しようとしているのかがわからないことです。作者のコメントには「毎年、寒さに負け、猫の誘惑に勝てず年末のギリギリまで掃除をしなかったのを思い出しました」とありましたので、その情報をきちんと入れましょう。これで読者は「年の暮れ」の「大掃除」かなと想像できます。

※一言アドバイス

「一年の仕事納めの冬季かな／よっちゃん」

「仕事納め」と「冬季」が季語。さらに「仕事納め」は一年の最後ですから「一年の」はいわずもがなですね。不要な言葉に費やした音数を使い、どんな仕事なのかを具体的に述べてみましょう。

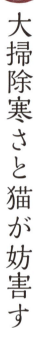

季重なり③

一句に二つの季語を共存させるのは高度なテクニックです。

初商い声掛けねばと福袋

しかもり（小売業）

添削後

声張って売る福袋三百個

〔講評〕

作者はデパートの店員さんでしょうか。「初商い」「福袋」ともに新年の季語です。二つの季語を共存させる方法の一つに［季語を合体させる］テクニックがあります。「初商いの福袋＝初商いでいろいろ取り扱う中の福袋」という意味にして、共存させ、**「声張って初商いの福袋」**とすることもできます。

とはいえ、「福袋」といえば新年の初売りですから、やはり意味が重なります。六音の季語「初商い」を外せば、「福袋」の現場を具体的な数を入れてイキイキと映像化することも可能です。

季重なり④

三つの季語を二つにへらし、効果的に並べるテクニック。

冬ぬくし聖夜も除夜も店内で

江洲（コンビニ店員）

添削後

店内より見つめる聖夜そして除夜

〔講評〕

なんとこれは「冬ぬくし」「聖夜」「除夜」と季語が三つ入っています。さらに、十七音しかない俳句で時間経過を詠み込むことは、超ウルトラ技。極めて難しいことに挑戦している一句なのです。「冬ぬくし」をあきらめれば、「聖夜」から「除夜」への時間をなんとか表現することができそうです。上五字余りになりますが、こんな具合でしょうか。

「見つめる」という動詞を入れることで、主体となる人物の存在が印象付けられます。その人物が「見つめ」続ける時間を、読み手も共有できるというわけです。

表現を明確に①

表現したい内容と字面とのあいだに隙間がないか考えましょう。

ランだラン　老後のワークだ　山笑う

魚谷宣之（サラリーマン／定年退職者）

添削後

ランニングは老後のワーク山笑う

【講評】

そもそも添削とは、作者の表現したい内容と実際に表現された字面とのギャップを埋める作業です。掲出句の場合「ランだラン」が、ランランという擬態語なのか、ランニングを意味するのか判断つきかねますし、中七「老後のワークだ」も老後の再就職？　とも読めてしまいます。

作者は「退職後の老後の生活にゆっくりでも楽しく走り、歩くことを毎日の仕事として取り入れる」ことを表現したかったそうですから、少なくとも誤読が生じないように、上五だけ言葉を替えてみます。

五七五の間をあけない、正しい表記にも直しましょう。

表現を明確に②

だれの動作なのかを明確にしましょう。

泣くことと笑わせること産む月よ

安（三児の母）

添削後

子を産みて笑って泣いて春の月

〔講評〕

「月」が秋の季語なのか、産み月という意味での「月」なのか判断つきかねます。さらに全体の意味も曖昧です。「三児の母である私のいちばんの仕事は、やはり子育てです。そしてその報酬は、笑わせてもらうこと。子どもの仕事は産まれたその瞬間から、泣くことと、周りを笑わせることだと、母親となって一五年、しみじみ実感しております」と語る作者安さん。

なるほど、そういうことならば、「春の月」という優しい季語にその気持ちを託してみましょうか。さらに「産む」「笑う」「泣く」という三つの動詞の順番を入れ替えることで、「泣く」の一語に喜びの涙の意味も読み取りやすくなります。

表現を明確に③

具体的な言葉を使うことで場面が見えてきます。

卒論の主はバイトに行く師走

英人（准教授）

添削後

卒論相談抜けて師走のバイトへと

〔講評〕

［就職決まったのでぇといってバイトをふやす学生の卒論相談に付き合う年末］という先生のグチがこんな一句になったようです。全体の意味は通じますが、コメントにある「卒論相談」という具体的な言葉を入れると、先生と生徒の関係がよりわかりやすくなります。上五字余りにして、こんな描写にしてみました。

中七を「抜けて」とすれば一時中断してというニュアンス。「そこそこ」とすれば、「卒論相談そこそこ師走のバイトへと」のように、バイトの時間が気になって気もそぞろ、という感じになりますね。

擬人法

人間以外のものを人間になぞらえる表現方法。うまく使えば情景をイキイキと表現できます。

霜降りて白菜祝う水仕事

武蔵人（会社員）

添削後

霜降り白菜しゃきしゃき洗う水はしゃぐ

〔講評〕

「霜」「白菜」と季重なりの一句。「祝う」の一語も何を何のために祝っているのか、読み手にはいまひとつ伝わりません。「今年も冬になり霜降り白菜が食べられるというれしさから、白菜を洗う冷たい水仕事もいとわないという主婦の句」という作者のコメントから添削の手がかりが発見できます。まずは季重なりを解消させましょう。季語二つを合体させ「霜降り白菜」とすれば、霜の中で甘くなる白菜だなとわかります。字余りになりますが、これを上五にもってきましょう。

「水仕事」と大ざっぱにいわず、中七「しゃきしゃき洗う」と具体的に描写。原句の「祝う」の気分は下五「水はしゃぐ」という擬人化に託してみました。

感情語に注意①

喜怒哀楽を表す言葉はそのまま使わず、読み手に想像させましょう。

クレームをじっと耐え聞く年の暮

大和咲良（元旅行会社勤務）

添削後

クレームを聞く椅子硬し年の暮

【講評】

俳句では喜怒哀楽を表す言葉（＝感情語）をそのまま書くのではなく、その感情が読み手に伝わるように映像や状況を描写するのが定石です。中七「じっと耐え」と自分の気持ちを訴えるのではなく、大変な年の暮れを過ごしているのだなと読者が思ってくれるように、ナマの現場を描写すればよいのです。

具体的な数字を使って「クレームは三五件年の暮」のようにもできますね。

※一言アドバイス

「除夜の鐘聞くも虚しや床に就く／えみあみこ（スーパー店員）」

「懐かしい除夜の鐘聞きラストスパート／桜木レイ」

「虚し」「懐かしい」という感情が生じたのは、どんな理由からなのか、読み手には伝わりません。これらの感情後の音数を使って、どんな仕事なのかがわかる単語を探してみましょう。

感情語に注意②

「つらい」と感情を述べるのではなく、具体的な現場を描写しましょう。

初セリや早起きつらい魚市場

玉井東水（元ＪＡ全農職員）

添削後

朝辛し青果市場の初競《せり》へ

〔講評〕

［本当は青果市場にいましたが、あえて魚市場に］とのコメントが添えられていましたが、ひょっとすると「青果市場」が六音で、「魚市場」が五音だから無理矢理「魚市場」にしたのかも……？　と勘ぐってしまいました（笑）。また「早起き」と「つらい」も意味が重なりますので、どちらか一方でＯＫ。セリを漢字表記にすることで臨場感も表現できます。

「辛し」という「感情語」を外して「朝まだき青果市場に初競す」のような具合にすることもできます。「朝まだき」は「朝がまだじゅうぶんに明けていない」という意味になります。

説明しすぎない①

情報の重複は避けましょう。

夜明け前飛び交う市場競りの声

momo（青果市場勤務）

添削後

夜明け前青果市場に初競す

【講評】

俳句はたった十七音しかないので、意味の重なる情報は書かないよう配慮するのが定石です。この句の場合「競りの声」とあれば「飛び交う」のは当たり前。この四音を使えば、ここがどんな「市場」なのかを具体的に書くことができます。

※一言アドバイス

「母の愛夜星朝星身を粉に／四葉」

季語のない一句です。「母の愛」と「身を粉に」が意味の上で重なる部分が多いので、どちらかを外し、上五か下五に似合う季語を探してみましょう。

説明しすぎない②

意味の重なる情報は極力スッキリまとめましょう。

皸《あかぎれ》の気にならぬ時勤務中

桜里

添削後

皸の痛み忘るる勤務中

〔講評〕

原句で重なっているのは「時」と「勤務中」。さらに「気にならぬ」という表現も大ざっぱ。「皸」が気にならない状態を明確に書きましょう。

※一言アドバイス

「まかされし薄髪仕事盛り上げて／果林（美容師）」

「まかされし」「仕事」も不要。計八音もありますから、これは添削というよりは創作の範囲に差し戻されるケースです。節約できた音数を使って季語を入れ、美容師の現場が推測できるような単語を入れてみましょう。

説明しすぎない③

具体的なモノを描きましょう。

歯科技工士研磨《けんま》飛ばした年の暮れ

たぁさん（元歯科技工士）

添削後

研磨中の臼歯《きゅうし》を飛ばす年の暮れ

【講評】

「歯科技工士」の現場にはこんな小さな事件も起こるのですね！　その仕事ならではのこんな場面を切り取ると、オリジナリティの高い句になります。とはいえ、いきなり上五で自己紹介のように「歯科技工士」と打ち出さなくても、「研磨」という職業用語がありますので、何を磨いているのかを明確にすれば、職業は自ずとわかります。上五字余りになりますが、歯の種類を具体的に書いてみましょう。「研磨飛ばした」という表現も曖昧ですので、いままさに「研磨」している手から、というニュアンスが伝わるように語順も工夫してみました。

十七音の器の限度①

複雑なストーリーや込み入った話は、一コマずつ一句に仕上げていきましょう。

万愚節《ばんぐせつ》職場去る日ぞ脳出血

草嶋　薫

添削後

職場去る日なり明日は万愚節

〔講評〕

俳句の器はたった十七音です。この音数を使って読者の想像力を喚起することで、俳句は虚実様々な世界を表現できるのですが、残念ながら複雑なストーリーを詠み込むには適していません。「小生の実話です。ただし退職日は一日前の三月末日です」とは作者の弁。実話の内容を無理矢理入れ込めば、**「万愚節退職の日の脳出血」**とやれなくもないのですが、季語と出来事を入れるだけで精一杯。主役となるべき季語を味わえる作品にはなりません。

こんなとき、俳句では、自分の身の上に起こった出来事を何句かに仕立てます。まずは「職場去る日」だけで一句。その次に「脳出血」という一大事も、丁寧に一コマずつ別の一句に描き出してみましょう。

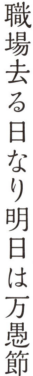

十七音の器の限度②

句に情報を詰め込まず、何句かに分けて詠むようにしましょう。

酷暑でも風爽やかにハンマー振り

慧竿（元原子力発電所点検作業員）

添削後

20ポンドのハンマーを振る酷暑なり

季重なりの一句です（「酷暑」＝夏、「爽やか」＝秋）。作者のコメントによると、タービンを開放点検する仕事なのだそうです。［真夏日の外の熱風が涼しく感じるほど、暑い時期の分解点検は厳しい作業です！　大きなボルトは20ポンドのハンマーを振り回して緩めたり締めたりします］。これだけの内容を一句に全部入れるのは無理。写真のシャッターを押すように、小さな場面を一句一句に切り取っていきましょう。

〔講評〕

※一言アドバイス

「受注済み許せ宮城の長電話／大阪の裾野Ａ（コールセンター職員）」

［通販の受注センターで、オペレーターを指導する立場］だという作者。長電話は指導の対象となるが、受注を受けたあとに「全部津波で流されちゃってねぇ……」と話が続く録音を聞き、感慨を抱いたのだそうです。このような出来事に遭遇したときも、写真のシャッターを押すように、小さな場面の句材を十句二十句と丁寧に拾っていきましょう。

効率のよい言葉選び①

だれもがイメージできる効率のよい言葉を選ぶのがコツ。

師走とて　茶葉を広げて　ひと心地

鹿野 声（社会福祉関係勤務）

添削後

休憩室師走の茶葉を広げいて

［講評］

一読して作者の仕事内容がわからないのが問題点です。どんな仕事か想像できる一語を入れるだけで、読者の脳裏には光景が立ち上がってきます。たとえば、上五に「休憩室」の一語を入れると、自宅ではなくどこかの職場であることがわかります。それによって原句下五の「ひと心地」はいわずもがなになり、茶葉の広がる様子を下五まで使ってゆったりと表現できます。五七五の間はあけないのが基本。

※一言アドバイス

「凍《い》つ心やりがい絶えてまだ四十路／穂の美」

「春の夕お前だけ楽歯ぎしりす／ヘッドホン」

どんな仕事のどんな「やりがい」なのか、なぜ「お前だけ」といわれ、「歯ぎしり」しているのかが不明。読者にとってのささやかなヒントになる言葉を探すことで、よりわかりやすくなります。

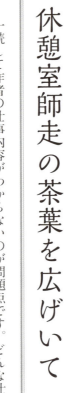

効率のよい言葉選び②

不要な言葉がないかを考えましょう。

グラタンを一口だけで捨てられて

白妙庵（訪問介護職）

添削後

グラタン一口のみや介護の春切なし

〔講評〕

主婦なのか修業中のシェフなのか、どんな現場かがわかるような言葉が欲しいところです。

「訪問介護のとき、チーズ料理が食べたいと八十代の一人暮らしのおじいさんにいわれて作りましたが、やはりダメでした。前にも海老グラタン、チーズケーキ、餅ピザ、鮭のホイル焼きを作りましたが一口だけ。捨てられるために作るのは切ないです」。作者のコメントの最後にある「切ない」というナマな感情が胸を打ちます。

切れ字「や」は、すぐ上にある語を強調します。「〜のみ」という事実が、作者の「切なし」という感情につながっていきます。二音の季語「春」は、その切なさを受け止めてくれます。

効率のよい言葉選び③

情景や場面が浮かびやすいキーワードを探しましょう。

凍《こご》ゆ日にお気を付けてに心溶け

沢田朱里（新聞代集金のおばあちゃん）

添削後

「お気を付けて」集金の我が凍《い》つる身に

中七「お気を付けて」とあれば下五「心溶け」はいわずもがな。［炎天下でも、道が凍っても休めません。でもお客さんの労りの言葉で暑さも寒さも疲れも吹き飛びます］と語る作者の気持ちを、「凍つ」という季語に託しましょう。カギ括弧をつけて会話だとわかるようにします。「集金」の一語で仕事の内容もわかります。「凍つる身」の後の助詞「に」によって上五の「お気を付けて」が作者へのねぎらいの言葉だとわかります。

〔講評〕

※一言アドバイス

「トロくとも速歩きして師走かな／珠桜女あすか（食品パート）」

［なにぶんおっとりなので叱咤激励されたことも数知れず。いまでは速歩きで短縮しつつ、時短を目標にしながら働いております］。作者のコメントと仕事内容から「食品搬入」「時短目標」などの言葉も使えるなと思いました。

効率のよい言葉選び④

語順を工夫することで映像が浮かびやすくなります。

成果ゼロ伊予柑《いよかん》ずしり帰り道

肯嵐（銀行員）

添削後

伊予柑ずしり貰い営業成果ゼロ

〔講評〕

「愛媛県全域の営業マンならだれしも経験があるのでは？　セールスはまったくダメなのに、鞄には蜜柑《みかん》や伊予柑ばかりふえていく」と笑う作者ですが、この一句からは「成果」が何の成果かわかりません。「伊予柑」の出来が悪かったのかと、誤読する可能性もあります。「営業成果ゼロ」であることをはっきり述べましょう。

また、俳句では語順も大事な要素。我が手に「ずしり」とある「伊予柑」の感触から一句をはじめましょう。「伊予柑ずしり」という手元のアップと実感、「貰い」という状況、「営業成果ゼロ」という結末を述べることによって、原句下五「帰り道」が不要になります。

※一言アドバイス

「鞁《あかぎれ》が塞がる間なく風呂介助／かつたろー。（福祉施設）」

俳句では語順も大事な要素。この句の場合は「風呂介助」という仕事の場面からはじめるほうが「鞁」という季語が生々しく伝わりますよ。

【添削例】　風呂介助鞁塞がる隙もなく

効率のよい言葉選び⑤

作者の状況を明確にする動詞を使うことで躍動感が生まれます。

崩しても浴衣の山の次の山

矢野リンド（クリーニング屋バイト）

添削後

山崩す洗う浴衣の山また山

〔講評〕

面白い発想の作品ですが、なぜ「浴衣の山」を「崩して」いるのか、一瞬、脳内に疑問符が浮かびます。［電子ピアノが欲しくて夏のクリーニング屋さんの工場で一か月半アルバイトをしました。暑かったし体力勝負でみるみるやせて行きました］という作者のコメントを読んで笑ってしまいました。作者の状況を明確にする動詞を一つ入れてみましょう。

上五の後に「山崩す／洗う浴衣の山また山」と意味上の軽い切れがあります。上五を「山崩す」とすることで、下五字余りにしてウンザリ感を演出した「山また山」と呼応します。

取り合わせの付かず離れず①

季語との取り合わせはあまりにも直接的なものは避けましょう。

寒紅《かんべに》や「極秘」をはこぶピンヒール

久遠（元秘書課勤務）

添削後

室《むろ》の花「極秘」をはこぶピンヒール

〔講評〕

［昔、バブリーな会社の秘書課に勤務していました。外部に漏らせないことを知りすぎて口が爆発しそうな日々でした］というコメントが添えられていた「シュレッダーに臭き餌をやる春うらら」という句にも爆笑しました。中七下五のフレーズはおもしろいのですが、季語「寒紅」は、下五「ピンヒール」に対して直接的すぎます。女性の様子を述べる季語よりも、部屋の様子がうかがえる季語を取り合わせたほうが、季語もフレーズも生きてきます。「室の花」は冬の季語です。

また、上五を夏の季語「冷房」に替えてみたり、バブリーな社長室にありそうなモノの季語を配してみるのも一手です。

取り合わせの付かず離れず②

どんな季語を取り合わせたら最もよいか、歳時記から探してみましょう。

震災忌廃車四角く潰したり

石川焦点（自動車解体業）

添削後

荒星《あらぼし》や廃車四角く潰したり

〔講評〕

［松山市桑原で自動車の解体業を営んでいます。プレス機で廃車を立方体に圧縮するさまを詠んでみました。取り合わせで震災忌《しんさいき》を季語としましたが、ほかの季語は思い浮かびませんでした］と語る作者。季語としての「震災忌」は大正十二年に起こった関東大震災を指します。この季語の持つ時代背景は、作者が表現したいイメージにはそぐわないかもしれません。

「荒星」は木枯らしの吹くような冷たい夜に輝く星を指す冬の季語。そのほか、夏の季語「炎天《えんてん》」、エイプリルフールを意味する春の季語「万愚節《ばんぐせつ》」と季語を替えることで、一句の意味が大きく変わります。自分のイメージに合った季語を選んでください。

取り合わせの付かず離れず③

最もこだわりたい点をきちんと表現する季語を選びましょう。

翻訳の語彙整はず盂蘭盆会《うらぼんえ》

十八番（貿易業）

添削後

翻訳の語彙整はず盆の家

〔講評〕

「翻訳しなければならない原稿を期限ギリギリに手渡され（しかも添削したくなるようなトホホな原文であったりして）、お盆休みも風呂敷残業とあいなった次第です」と語る作者。下五の秋の季語「盂蘭盆会」はたまたまその日だったという理由だとは思いますが、読み手の心の中には、なぜ「盂蘭盆会」で翻訳しているんだろう？　と疑問が浮かびます。

盆にこだわりたいのであれば「盆の家」「盆休み」、ぼんやりと外を見ている気分を表現したかったら「残る蟬」「百日紅《さるすべり》」等さまざまな季語が想定できます。「○○○○○翻訳の語彙整はず」と上五に季語を入れてもいいですね。疑問や誤読を招かない季語を選びましょう。

抽象名詞の是非

明確な形を持たない抽象的な表現を使うのはソン。
より具体的な言葉を探しましょう。

正月も休めぬ因果城の茶屋

喜多輝女（観光土産物店）

添削後

正月も休めぬ城の茶屋勤め

〔講評〕

「年末年始、巷の人々が休みのときには休めないという因果な商売をしております。物心ついたころから、忙しいときは店を手伝わされていたので寝正月などとは無縁です」と語る作者。もったいないのは、中七「因果」という言葉です。お気持ちはわかりますが、「正月も休めぬ」という状況を語り、自分の職業を「城の茶屋」と巧《うま》くコンパクトに表現できているわけですから、あらためて「因果」だなあと説明する必要はありません。

「因果」という抽象名詞の三音をやめて「城の茶屋勤め」とすることで、かつて城勤めのために登城していた士《さむらい》たちの気分もちらり。俳諧味のある作品になります。

助詞の効果①

「に」を「や」に置き換えたことで生まれる効果を味わってみましょう。

重ね塗るペンキの文字に暮早し

ていー（看板屋稼業&主婦）

添削後

重ね塗るペンキの文字や暮早し

【講評】

助詞はほんの一音でさまざまな意味を添えてくれます。俳句では助詞「てにをは」を使いこなせるようになって一人前だともいわれます。この句の場合、問題となるのは中七最後の「に」です。もちろん、「に」でも意味は通じるのですが、この場合の「に」は散文的な効果。「重ね塗ったペンキの文字に暮（の）早（い日が落ちてきました）」という散文のいらない部分を捨てて、俳句の音数に整え直した感じになっているわけです。

切れ字「や」も助詞の一つで、すぐ上の言葉を強調します。「文字」を強調することによって、「重ね塗るペンキの文字」という映像を印象付け、さらにカットを切り換えて「暮早し」という光景を描きます。

助詞の効果②

助詞「で」を「に」に置き換えたり、あえて助詞を取ったり、ケースバイケースで考えましょう。

管理室で仮眠しており去年今年《こぞことし》

亀田荒太（サラリーマン）

添削後

管理室に仮眠しており去年今年

〔講評〕

原句に上五字余りで「管理室で」とありますね。場所を意味する助詞「で」は、下に来る動作や作用を表現する語が動的な意味の場合に用います。存在など静的な意味の場合には、助詞「に」のほうがなじむのです。

比較してみると「で」と「に」の静けさの違い、納得していただけるのではないでしょうか。

※一言アドバイス

「君のいたそこにパソコンと百合ひとつ／亀田荒太（サラリーマン）」

「そこに」の助詞「に」は、用法としては正しく選択されているのですが、作品としてはむしろ、「に」を取ったほうが音数的にも映像的にも鮮やか。「そこ」でカットが切れる効果が生まれるからです。助詞の選択はケースバイケースの判断となります。

【添削例】　君のいたそこパソコンと百合ひとつ

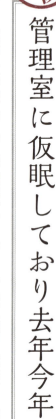

助詞の効果③

詠嘆の助詞「かな」「や」の違いを味わってみましょう。

一円を合わす作業に氷柱《つらら》かな

まゆ熊（元銀行員）

添削後

一円を合わす作業や夜の氷柱

〔講評〕

原句の下五「かな」という切れ字が使われています。「かな」は詠嘆を表現する助詞ですが、この場合はその詠嘆が上滑りしています。中七の助詞「に」の意図が理解しにくいこともその一因です。

ここは別の切れ字「や」という助詞を使ってみましょう。

下五「かな」の詠嘆を中七「や」に託すことで、一句全体で二音の節約が可能。その二音を使って「夜」という時間情報を入れます。「や」は、すぐ上にある言葉「作業」を強調し詠嘆します。映像としてカットを切る働きもしてくれますので、下五「夜の氷柱」という季語を含んだ光景がありありと立ち上がってきます。

動詞の効果①

どんな詠み方をさせるかで、もたらす効果が変わってきます。

小役人わが職終う冬の朝

熊人（地方公務員）

添削後

小役人わが職を終う冬の朝

〔講評〕

「終う」は「おう」と読むのか「しまう」と読むのか、迷います。「しまう」は「仕舞う」とも書き〔かたをつけ、終わりにする〕というニュアンスの意味。片や、「おう」は「終える」の文語体「終う」（歴史的仮名遣いで書くと「終ふ」）で、〔それまで続いて（行って）いたことがすっかりすんで、もしくは時期が来て、しまいにする〕という意味だと広辞苑にはあります。

音数的には「しまう」と読ませたいのかなとは思うのですが、退職の感慨を詠まれたとのことですから、むしろ「おう」と読んだほうが、その心に適います。「終《お》う」が二音ですから、助詞「を」を補いましょう。調べもどっしりとします。

動詞の効果②

いわずもがなの動詞を省略し、より焦点を当てたい事物の表現に字数を託しましょう。

雪の日に届く朝刊ゆびのあと

ぽんず（元新聞販売店事務）

添削後

雪の日の朝刊にある指の跡

【講評】

「ゆびのあと」は新聞配達の人の「雪」に濡れた指跡なのでしょうか。この場合、「届く」という動詞は不要。「雪の日の朝刊」と書けば、届いていることは明白です。

節約できた三音を使って、「ゆびのあと」がどこに付いているのかを映像として描写しましょう。「雪の日」という状況、「〜の朝刊」というモノが一句の画面に映し出されます。「〜にある」という言葉の使い方によって、その存在を明確にした後で、「指の跡」というクローズアップの映像へと焦点が絞られます。

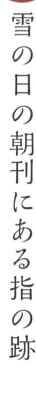

動詞の効果③

必要な動詞と不要な動詞を的確に判断しましょう。

期日前投票ゆきて枯葉舞う

暮露

添削後

期日前投票枯葉舞う旅券

〔講評〕

「期日前投票」に必ず行かねばならない仕事をなさっていたのでしょうね。「期日前投票」に行かない場合は「行かず」と述べる必要はありますが、「期日前投票」とあれば行っていることは明確。「ゆきて」の三音を使えば、どんな理由なのかを伝えることもできます。

「旅券」の一語によって、仕事の旅行かな？　海外への観光かな？　という読みが生まれます。さらに「舗道」とすれば帰り道、「湖畔」とすればすでに旅先の光景へと自由自在にワープすることができます。

動詞を別の力強い名詞に置き換えることで光景がありありと描け、句に動きが生まれます。

動詞の効果④

動詞の代わりに自由な発想やニュアンスをもたらす言葉を使ってみましょう。

仕事なき我も祝さる勤労感謝の日

苦虫

↓

添削後

仕事なき吾《われ》に勤労感謝の日

〔講評〕

「勤労感謝の日」は九音の季語。上五中七と正確に十二音を刻んだ後に、九音の季語がずしりとくるのは、調べとしてちょっと重たいですね。「祝さる」といいたいお気持ちは充分わかるのですが、直接的で説明的な動詞を入れないほうが、一句の読みは広がります。

「吾」は「われ」「あ」と読みが二通りありますので、助詞のニュアンスによって調節できます。「仕事なき吾《われ》に」の句はささやかな悲哀や自嘲、「仕事なき吾《あ》にも」にすると軽いあきらめが含まれてくるように思えます。

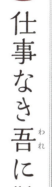

表現の精度①

語順を工夫することで主体がだれなのかが明確になります。

鮟鱇やハイと振り向く顔怖し

みやこまる（事務職）

添削後

ハイと振り向く鮟鱇の如き顔

【講評】

「パソコンに向かって夢中でキーボードを叩いているときに上司に声をかけられ、ハイと返事しながらも顔が怖い！　と自分で気がついて慌てて笑顔で取り繕った場面」という作者のコメントを読まなければ、魚のことか人間のことか判断つきかねる一句です。「鮟鱇」という冬の季語が比喩として使われているので、季語としての力は弱まりますが、作者の意図どおりに言葉を並べ替えてみましょう。

「鮟鱇」からはじめると、どうしても魚が思い浮かんでしまいますが、「ハイと振り向く」からはじめると人間だということがわかります。「鮟鱇の如き」と直喩の表現にして、「顔」の一語が最後にぬっと出てくるような語順にしました。

動作の主体者の動きからはじめると、映像がイメージできる句になります。

表現の精度②

語順を工夫することで映像の切り換わりや場面の変化、主体の距離感が明確になります。

暗がりへ進む夜警の息白し

山崎点眼

添削後

暗がりへ夜警の息の白々と

〔講評〕

まずは「暗がり」からはじまり、後半で「夜警」の人物、季語「息白し」の出現によって映像が整う語順がうまい作品です。「夜警」を「火の番」「火の用心」等の傍題《ぼうだい》（季語の別称や形を変えたものなど、同じ仲間の言葉）とする歳時記もありますが、原句の場合は「息白し」が主たる季語だと考えればよいでしょう。上五「へ」は方向を示す助詞ですから、「暗がりへ」といえば「進む」といわなくてもOK。この場合、「夜警」が主たる季語になります。

逆に動詞「進む」を生かして「暗がりを進む夜警の息白し」と助詞を替えることも可能です。「を」は経過していく場所を意味するので「夜警」は「くらがり」の中にいて、作者はひじょうに近い位置から季語「息白し」を見つめている句になります。

表現の精度③

複合動詞を上手に使えば時間の経過を詠み込むことができます。

誘導の帽子に積もる雪深く

あ～すけ

添削後

誘導の帽子に雪の積もりゆく

〔講評〕

「誘導」の一語で、交通整理あるいは野外での人員誘導などの仕事だとわかります。さらに「帽子」「雪」の二語も意味を重複させることなく、映像を描いていきます。悩ましいのは下五「雪深く」という表現です。「深く」といいたい気持ちは理解できるのですが、たかが「帽子に」積もっている雪ですから、「深く」はやはりいいすぎ。この句が表現したいのは、「誘導」という立ちっぱなしの仕事の大変さでもありますので、複合動詞「積もりゆく」を使って時間の経過を詠み込んでみましょう。

また、詠嘆の助詞「よ」を使って雪に焦点を当て、「誘導の帽子に積もりゆく雪よ」とすることもできます。長い時間に思いを込めるか、雪に焦点を当てるかで味わいの異なる句ができます。

第三部

これぞ才能アリ！

秀句を味わう

夏の俳句

夏にあたるのは立夏から立秋の前日まで（五月六日ごろ～八月六日ごろ）。暑さと対比する涼しさも季語となります。

おもな夏の季語

時候
初夏　夏めく　小満《しょうまん》　入梅《にゅうばい》　夏至《げし》　熱帯夜　土用

天文
雲の峰　青嵐《あおあらし》　薫風《くんぷう》　朝凪《あさなぎ》　夕凪《ゆうなぎ》　梅雨　夕立　雹《ひょう》　虹　雷　朝曇《あさくもり》　夕焼

地理
山滴《したた》る　赤富士　植田　泉　清水　滝

生活
更衣《ころもがえ》　白靴《しろぐつ》　冷奴《ひややっこ》　鮓《すし》　アイスクリーム　麦茶　生ビール　焼酎　網戸　蚊取線香　香水　団扇《うちわ》
風鈴　納涼《すずみ》　キャンプ　テント　海水浴　花火　裸　髪洗う　汗　夏痩《なつやせ》　夏休　鯉幟《こいのぼり》

行事
端午《たんご》　山開　朝顔市　鬼灯市《ほおずきいち》　富士詣《ふじもうで》　夏神楽《なつかぐら》

動物
蛇衣《へびきぬ》を脱ぐ　金魚　熱帯魚　初鰹《はつがつお》　鰺《あじ》　毛虫　蛍　蚊

植物
葉桜　薔薇　牡丹《ぼたん》　紫陽花《あじさい》　さくらんぼ　青葉　向日葵《ひまわり》　苺　蚕豆《そらまめ》　茄子　玉葱　黴《かび》

夏の秀句

白シャツの子ら並ばせて校医なり

とりとり（内科開業医）

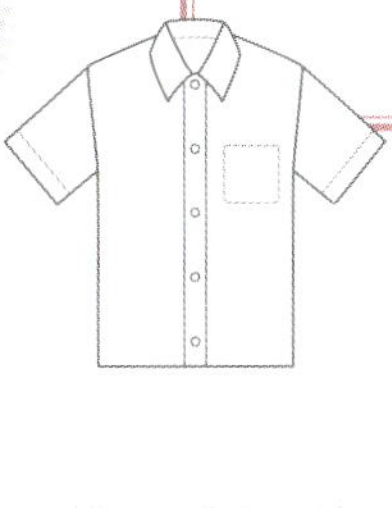

選評

「白シャツ」が夏の季語です。「白シャツ」の一語が目に飛び込んだとたん、夏という季節のまぶしさや汗ばむ日差しも一緒に立ち上がってきます。それが季語の力です。「白シャツの子ら」で、白いシャツの子が複数いることがわかり、「校医なり」でもう一人の人物が出現します。「並ばせて」という言葉の使い方は、「校医」自身が声をあげて並ばせているのではなく、「校医」の前へ「白シャツの子ら」の列が続くさまを表現していると読みたいですね。下五「校医なり」は、まさに私は「校医」でありますよという断定。明るい保健室の窓、ちょっと緊張している子らの表情、子どもたちの甘い汗の匂いなど、周辺の光景も一気に立ち上がる作品です。

夏の秀句

草笛を吹く校長は改革派

桜井教人（教員）

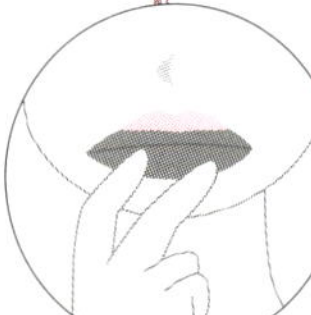

選評

「草笛」は夏の季語。草の葉を摘んで笛みたいに吹く遊びです。子どもの様子かな、子どもに草笛を教えている親の表情かなと思ったとたん、「校長」が出てくる意外性が魅力。「草笛を吹く」で意味を切って解釈すると、改革派の校長の指図なんてどこ吹く風で、草笛を吹きながら我が道を歩く教員の句になりますが、「草笛を吹く校長」と続けて読むと、改革派の校長自身が悠々と草笛を吹いている図になります。個人的好みとしては後者の読みかな。

陰口をたたかれているのか、密やかな期待を持たれているのか。そんな周囲の思惑を知ってか知らずか、「改革派」の「校長」は、子どもたちと一緒に悠々と楽しげに「草笛」を吹いています。

百人一首 秀句

日日草点字タイプのベルちさし

てん点（点訳ボランティア）

選評

一行三十二マスの「点字タイプ」には、あと六字打てますよと知らせるベルが付いているのだそうです。作者は、日々「点字」に接している方なのでしょう。行の最後を知らせる「ベル」が小さく鳴ると、次の行に移るための操作をし、新しい行に移ると、再び点字を打つ速度をあげてゆく。一連の操作のアクセントのように「点字タイプのベル」は小さな音をつないでいきます。

「日々草」は、初夏から晩秋まで次々に花をつけるということでこの名がありますが、「点字」を打っていく作業も一つ一つ積み重ねてゆく行為。「点字」に打ち直されていく言葉は、「日々草」の一花一花のようにさまざまな色合いで紡がれていくのでしょう。

夏の秀句

黒南風《くろはえ》や鱗《うろこ》のへばりつく紙幣

小野更紗（酒類小売業）

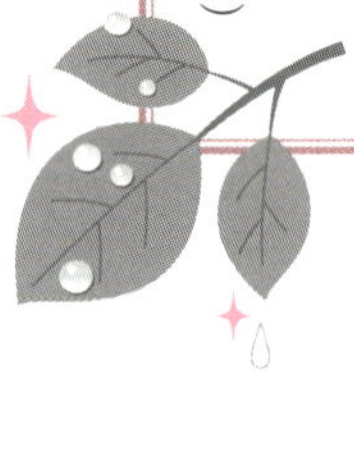

選評

「黒南風」は梅雨時の南風で、暗い空の向こうから雨を呼んでくる湿った風です。片や「白南風《しろはえ》」という季語もあります。梅雨明け、あるいは梅雨の晴れ間の南風。明るく晴れ晴れとした風です。

一読、市場に魚を買いにきた光景か、行商の魚売りのおばさんかと思いましたが、作者の仕事から判断して、お客さんから「鱗」のついた「紙幣」を受け取った場面かもしれません。どの解釈を取るにしても「鱗のへばりつく紙幣」に焦点を当てることで、魚の匂い、べたべたした潮風、潮焼けした人物など光景が一気に再生されます。雨の気配を含んだ「黒南風」は生温く吹きはじめ、「鱗のへばりつく紙幣」にかすかな湿り気が及んでくるかのようでもあります。

夏の秀句

天牛《てんぎゅう》の首もがれつつ軍手噛む

まとむ（柑橘農家）

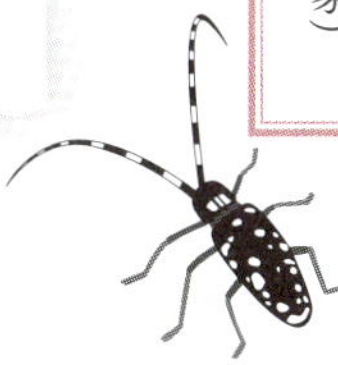

選評

「天牛」とはカミキリムシのことです。「天牛は柑橘の木を齧《かじ》るので害虫です。見つけたら首をもぎます。平気でもげるようになるのに、3年くらいかかったかも?」と語る作者まとむさん。「天牛」を見つけ次第退治しないと蜜柑《みかん》がやられる。「天牛の首」を事も無げにへし折ることも、重要な仕事の一つなのです。

首をもぎりとろうとした瞬間、「天牛」が「軍手」に噛みつきます。「首もがれつつ」も「軍手」に噛みつく「天牛」の執念に気圧《けお》されながらも、ぐっと力を入れて「首」をもぎます。捨てられた胴体の手脚は空を掴んで暴れ、「天牛の首」は噛みついたまま「軍手」に残ります。感情を交えない描写が迫力のある作品となりました。

夏の秀句

ムスリムの中の暮らしや水中花《すいちゅうか》

はまゆう（転勤族の専業主婦）

選評

「ムスリム」とはイスラム教徒のこと。〔赴任先の風習・習慣を知り溶け込んで暮らすことは、主婦の大切な仕事でした〕と語る作者はまゆうさんは、「南国の四度新年ある暮らし」「帰省するメイドにもたす砂糖菓子」など海外で暮らす実感の句も書き留めています。異国の生活を知り、無理のない形で溶け込んでいくことが肝要なのだとわかってはいても、食べ物、宗教、服装などさまざまな戒律のある国となれば、なかなかに骨の折れることでしょう。

ささやかな心の潤いとして部屋に飾る「水中花」は、異国のぬるい水の中にその花を咲かせ、作者自身は「ムスリム」の世界にひっそりと息をしている。そんな心情が伝わってくる作品です。

秋の俳句

秋にあたるのは立秋から立冬の前日まで（八月七日ごろ～十一月六日ごろ）。カラフルで豊かな秋の情景を彩りよく表現してみましょう。

おもな秋の季語

時候
立秋　残暑　秋めく　二百十日　長月　夜長　爽《さわ》やか　冷やか　夜寒《よさむ》　秋深し

天文
秋晴　鰯雲　月　十六夜《いざよい》　星月夜　天の川　銀河　流れ星　野分《のわき》　稲妻　霧　露

地理
山粧《よそ》う　花野　刈田　初潮　高潮　不知火《しらぬい》

生活
新蕎麦　新米　夜食　栗飯　冬支度　枝豆　運動会　七夕

行事
相撲　月見　紅葉狩　重陽《ちょうよう》　盆　墓参　送り火　大文字　灯籠流し　盆踊　秋祭

動物
馬肥ゆ　蛇穴《へびあな》に入《い》る　渡り鳥　小鳥　鰯　秋刀魚　鮭　赤蜻蛉《とんぼ》　虫

植物
金木犀　稲　柿　秋の七草　紅葉　松茸　朝顔　椎茸　鶏頭《けいとう》　鳳仙花《ほうせんか》　菊　西瓜　南瓜　糸瓜《へちま》　甘藷《さつまいも》　生姜

秋の秀句

校了日明ければ迅《はや》し秋の雲

鈴木麗門（元校正者）

選評

「校了」とは、校正が完了して、印刷できる状態になることを意味します。「校了日」は、その作業が完了した日ですね。何度も何度も確認して、文字や内容に間違いがないかを調べる校正の作業は、ほんのちょっとした油断が大きなミスにつながります。新聞、週刊誌、月刊誌、一般書籍、それぞれに「校了」のために費やす時間は違いますが、「校了日明ければ」からの展開に共感します。

「校了」が終わるまでは、空を見上げるような心理的余裕もないのかもしれません。やれやれ、やっと印刷所に原稿を入れたぞ、という安堵感が「秋の雲」の動きを「迅し」と感じ取るのでしょう。爽快な「秋の雲」へぐーんと伸びをする作者が見えてきます。

秀句の秋

大鋸屑《おがくず》のスープに浮かぶ夜食かな

樫の木（家具職人）

選評

「スープ」に「大鋸屑」が浮かんでいる状況に、一瞬、「え？」と思うのですが、「夜食」という季語が出てきた瞬間に、木工の作業場であることがありありと想像できます。

納期の迫る仕事場には、夜業の灯がともっています。今夜は徹夜になるかもしれないと「夜食」を用意してくれたのは、妻か、母か。作業所の社長の心遣いかもしれません。飛び込んでしまった「大鋸屑」を笑いながら掬《すく》って捨て、ありがたくいただく「スープ」のおいしさ。私は和気藹々《わきあいあい》と働く職場を想像しましたが、自らお湯を注ぎ飲む即席スープの孤独な「夜食」を想像する読者がいてもよいでしょう。そんな読みの多様性もまた俳句を読み解く面白さです。

秀句の秋

答弁案夜食のそばののびゆけり

木琴（地方公務員）

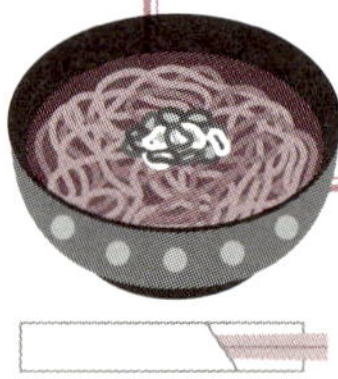

選評

同じ「夜食」でもずいぶんと味わいが違います。「答弁案」の一語から判断して、議会の質疑応答のための「答弁案」かと想像できます。野党からの厳しい追及に答えるべく、資料を集め、論拠をまとめ、具体的な方策について説明をする。明日の議会を睨《にら》んで、この職場も徹夜に近い作業が進められているのでしょう。「夜食」の出前の「そば」をすすりながら、考え込んで箸が止まっているのか。はたまた、緊急の事態が起こり「そば」に手を付けることもできない状況となったのか。秋の夜長の夜なべ仕事の光景も時代とともに変化していきますが、働く人の喜びや悲哀をさまざまな形で受け止めてくれるのが「夜食」という季語であります。

厨房《ちゅうぼう》消灯月光の水琴窟《すいきんくつ》

チィーノ(主婦)

選評

食事の後片付けを終え、明日のお弁当の準備をし、火の元を確認し、わが仕事場である台所の電灯を消す。「厨房消灯」という言葉使いのあとに出現する「月光の水琴窟」という比喩《ひゆ》のなんと美しいことでしょう。日々使う台所をこんなふうに感じたことがなかったので、後半の比喩表現に心がハッと動きました。

「月光の水琴窟」とはどんな光景でしょう。「厨房」の窓から差す「月光」の美しさを「水琴窟」の水音に喩《たと》えたのでしょうか。あるいは、蛇口から零《こぼ》れる小さな水滴が「水琴窟」のような音を立てているのでしょうか。主婦の矜持《きょうじ》として磨き上げたシンクそのものが、まるで「月光の水琴窟」のように光っているのかもしれません。

秋の秀句

灯火《とうか》親しむ守秘義務は墓場まで

八幡風花

選評

「灯火親しむ」とは、夜の長くなってくる秋は灯火の下で読書に親しむのに適しているころだよ、という意味の季語です。

「守秘義務」とは、仕事上で知った秘密を守らねばならないという義務。公務員、医師、看護師、弁護士など、さまざまな職種が想起される単語です。「守秘義務は墓場まで」とは、職場で常にいい聞かされている標語のごときフレーズですが、このような言葉が季語と取り合わせられることで詩となり得るのが、俳句という短詩系文学のおもしろさ。いい換えれば、これが季語の持つ力であるといってもよいでしょう。「灯火親し」みつつ読んでいるのは何でしょうか。心に渦巻くさまざまな思いを、秋の季語が静かに受け止める一句です。

秋の秀句

レセプト千枚インクに夜寒《よさむ》滲《にじ》ませて

このはる紗耶（元医療事務）

選評

「レセプト」とは、医療機関が市町村あるいは健康保険組合等に請求する医療報酬明細書のことです。「今は電子カルテ化も進んで、レセプトの提出も紙ではなく電子媒体でのものが多いとか。残業の光景も変わっているのかもしれません」と呟く作者このはる紗耶さん。「千枚」という数詞が「夜寒」という季語に静かな迫力を添え、字余りで打ち出す上五が読者の心に飛び込んできます。

さらに、ある時代の手触りを思わせるのが「インク」の一語。一枚一枚「夜寒」の匂いを滲ませた「インク」で書き上げていく実感が、ひしひしと伝わってきます。「夜寒」の残業の静けさの中、カリカリとペンを走らせる音も響いてくるような作品です。

冬・新年の俳句

立冬から立春の前日まで（十一月七日ごろ～二月三日ごろ）が冬。俳句では四季のほか新年も季節として数えます。

おもな冬の季語

	冬	新年
時候	小春、大雪《たいせつ》、凍《い》つ、三寒四温、節分	去年今年《こぞことし》、元日
天文	オリオン、北風《きた》、時雨《しぐれ》、霜	御降《おさがり》
地理	山眠る、枯野、霜柱、氷、氷海	初景色、初富士、若菜野《わかなの》
生活	セーター、布団、毛布、着ぶくれ、マスク、手袋、熱燗、おでん、雪達磨《ゆきだるま》、風邪、息白し、日向《ひなた》ぼこ	雑煮、鏡餅、初夢、寝正月、初荷、歌留多、獅子舞、七草粥
行事	七五三、酉《とり》の市、クリスマス	年賀、初詣
動物	熊、狐、梟《ふくろう》、水鳥、鴨、牡蠣、綿虫《わたむし》、河豚《ふぐ》	初鶏《はつとり》、嫁が君
植物	寒椿、山茶花《さざんか》、ポインセチア、蜜柑《みかん》、落葉、枯木、水仙、大根	福寿草

冬の秀句

北風や文化ちりとり閉まる音

小市（マンション管理人）

選評

柄《え》を持ち上げると蓋がガチャッと閉まる構造になっているのが「文化ちりとり」。移動しながら掃除をするときに、一度掃き入れた塵《ちり》やゴミが落ちたり飛んだりしない、あの便利なちりとりです。「文化ちりとり」という商品名が生まれたのはいつごろでしょう。文化包丁、文化住宅など、いままでより便利でモダンで新式、そんな「文化」を冠するネーミングは時代とともに古臭くなっていきます。

「北風や」と見上げる空には冷たい風が舞い、手にする「文化ちりとり」はマンション管理人として働く作者の変わらぬ相棒なのです。下五「閉まる音」が唸る「北風」の中に消えていきます。「文化ちりとり」という名に一抹の悲哀を感じさせる「北風」です。

冬の秀句

ジャケットの袖にチョークの粉《こな》二《に》色《しょく》

でらっくま（教員）

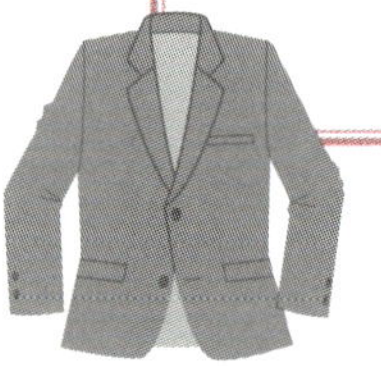

選評

自分の「ジャケット」の「袖」に「チョークの粉」が付いているのに気づいたのか。はたまたそんな人物に出会い、この人も教員かもしれないと思ったのか。いずれにしても一読にして、作中人物が教員だとわかる確かな作品です。板書しているときに袖口に付いたのか、説明をするために振り返ったときに「袖」全体に付いたのか。「粉二色」という観察によって生じるリアリティが、読み手の鼻腔に「チョーク」の粉っぽさや、乾いた匂いを蘇らせます。

「ジャケット」は冬の季語ですから、教室の窓から差し込む鈍い冬の日差し、締め切った教室の人いきれなどが一句の向こうに見えてきます。よい意味での既視感が作品の手堅さとなっています。

冬の秀句

頬被《ほおかぶ》り学級園を仕切りをり

八十八五十八（教員）

選評

農作業や掃除の際に身につけるイメージもある「頬被り」ですが、その本意は防寒のため。冷たい冬の風の中、「頬被り」して作業に励んでいるのは、校務すべてを把握している頼もしい校務員さんでしょうか。子どもたちに大人気の校長先生でしょうか。

「学級園」は児童を自然に親しませ、自然科学の学習に活用させるため、学校内に作った農園や花園。中七「学級園」という場、下五「仕切りをり」という状況によって一句は俄然賑やかになります。子どもたちの声、土の匂い、聴覚や嗅覚がイキイキと動き出します。子どもたちに指図する「頬被り」の人物の頭の中には、春の花咲く「学級園」の設計図が彩り豊かに描かれているに違いありません。

冬の秀句

機械油の染みごと被る冬帽子

理酔（国際輸出入コンテナ検査員）

選評

仕事に取りかかる朝か、弁当を食べ終わり現場に戻ろうとする昼の一コマか。いずれにしてもむせるような労働の手触りを感じます。「機械油」の嗅覚、「染み」という視覚、「染みごと被る」という実感が「冬帽子」という季語の現場を生々しく表現しています。「春帽子」はオシャレ、「夏帽子」は日《ひ》除《よ》け、それぞれに季語の特色がありますが、「冬帽子」は防寒の意味が格段に強い季語。下五に出現するこの季語が、一句の世界を決定する強い力を発揮します。

「機械油」にまみれた労働の一日を思うとき、厚手の帽子に染み込んだ汗と臭いまで想起され、「機械油」の臭いの染みついた「冬帽子」を鷲掴みにし、いざ現場へと立ち上がる男の姿が見えてきます。

冬の秀句

夫はまだ街に居るらし火事の音

雪花（良妻のつもり）

選評

まだ戻ってこない「夫」を思う見事な良妻ぶりです（笑）。

時代の変化とともに「良妻」の何たるかについての認識は移り変わっていきますが、この句で語られているのは、ある一定以上の年齢層における「家を守る妻」のイメージでしょうか。

「夫」の帰りを待つ妻。はたと「街」の方を見ると夜空が赤々と燃えている。街明かりとは違う「火事」の炎の猛々しい色彩。遠い消防車のサイレンが「火事の音」として脳裏に増幅され、「夫はまだ街に居るらし」という呟《つぶや》きが、ざらつくような不安となって読み手の心に迫ってきます。妻の心理や聴覚を媒介として、「火事」という季語の本質を表現するあたりが、さりげなく巧《うま》い作品です。

冬の秀句

求職窓口朱肉の硬し冬至の日

竜胆（高齢者就労総合相談窓口）

選評

［六十七歳で同じ年代の就労支援をすることになり、はや一年。世間は人手不足といってはいますが、働きたい高齢者にとっては厳しい現状です］と語る作者竜胆さん。現代社会の実状、思うように支援が進まない苛立ちや無力感を「朱肉の硬し」の触感が受け止めます。「求職窓口」に並ぶ長い時間や人の列をも想像させるかのような上五の字余り。リタイア後の生きがいを求める人、日々の糧のために職を求める人、個々の境遇がその表情に浮かびます。

　最も日の短くなる「冬至」はその天文的事実からくる侘びしさに加え、日差しのイメージも微かに含んだ季語。一見不要に思える「の日」の二音が、悲喜交々《こもごも》の現実を包括するかのような味わいです。

冬の秀句

凩《こがらし》が五人の客を連れ入り来

のり茶づけ（飲食業）

選評

開いた扉から入ってくる「凩」を感知できる店ですから、「五人の客」が座ればいっぱいになるほどの小さな店なのでしょう。そんな店を思ったとき、「凩」という季語がひとしお際立ってきます。「凩」はその寒々とした音も印象的な季語。さっと開いた扉からいきなり吹き込む「凩」。ドカドカ入ってくる「五人の客」は見慣れぬ顔でしょうか、おなじみの常連客でしょうか。いずれにしても「凩」が「連れ入り来」という擬人化に嫌みがありません。

最後の一人が扉を閉じんとした隙間から滑り込んだ「凩」の尻尾がヒュッと鳴きます。その一鳴きを最後に店はやにわに活気づき、一人で店を切り盛りする女将のすがたも生き生きと見えてきます。

冬の秀句

荒星《あらぼし》に突つ伏せばキャタピラの唸《うな》り

さとうじん（元陸上自衛隊第二混成団所属）

選評

これは一体どんな仕事？　と思った自分自身の認識の甘さにハッとしました。腹這いに「突つ伏」した大地から全身に伝わってくる「キャタピラの唸り」を否応なく体に刻みつける仕事もあるのだという事実に圧倒されます。「突つ伏せば」という言葉の使い方は「突っ伏せばいつも」とも読めますし、「突っ伏したところ偶然」という意味にも、「突っ伏したので」という原因を述べているとも読めます。詩の鮮度としては最初の読みを採りたいところです。

部隊で活動していたあのとき、頭上にはいつも「荒星」が輝いていた。「キャタピラ」が唸っていた。木枯らしに研ぎ澄まされて輝く「荒星」は、現在の作者に過去の肉体感覚を呼び起こさせるのでしょう。

冬の秀句

底冷の病畜棟のゴムホース

雨月（元良肉検査員）

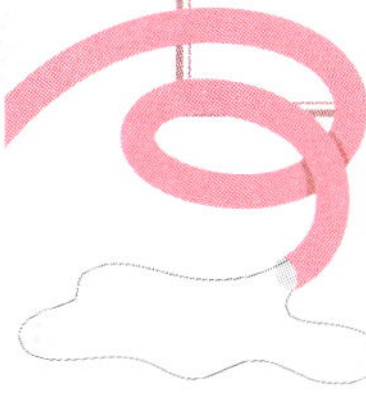

選評

「病畜棟」とは、具合の悪い家畜を健康な家畜とは別の場所で、と畜するための施設だそうです。「と畜場は冷暖房設備があるはずもなく冬の寒さは過酷でした」と語る作者雨月さん。

　下五「ゴムホース」という無機物が現れた瞬間、そこでと畜され肉となる家畜たちの血を洗い流す容赦無い仕事の感触を手に押し付けられたかのように感じます。「搬入の牛百頭の息白し」「牛退けて牛をつめ込む十二月」などの句も書き留めている作者ですが、掲出句「ゴムホース」というモノの存在に強い説得力があります。季語「底冷《そこびえ》」は「ゴムホース」が洗い清めた床に残る水がもたらす寒さでもあり、生き物を殺《あや》める心理描写として一句の底に横たわります。

冬の秀句

樒《しきみ》四貫抱いては浸ける冬の汗

越智空子（花屋）

選評

花屋さんの仕事というと真っ先に思い浮かべるのは、店先に溢れる美しい花々やプレゼントの花束を作る「お花屋さん」のイメージですが、その舞台裏にはこんな重労働もあるのですね。

「汗」は夏の季語ですが、あえて「冬の汗」という季重なりにしています。腕を回して抱える衣服の下にかく「冬の汗」の実感が、やや強引な季重なりを選択させたに違いありません。「樒四貫」という数詞、「抱いては浸ける」というくり返される動作の描写、さりげない表現の中に抜き差しならぬリアリティがあります。「樒」は仏事に使われ、仏前墓前に供える木。一年中の需要に対応するのも花屋さんなのだという認識を新たにした一句でした。

冬の秀句

こんな日は醸造長と日向《ひなた》ぼこ

とうへい

選評

「醸造長」の一語で光景が立ち上がりますから、言葉の経済効率が極めてよい作品ですね。「醸造」ですから酒類・味噌・醤油などが想定できますが、酒蔵なら酒、味噌蔵なら味噌の匂い、醤油蔵なら醤油が読み手の鼻先にもふくふくと匂ってきます。

「こんな日」とはどんな日か。酒造り、醤油造り、味噌造りの作業が一段落してホッと一息ついている日でしょうか。「醸造長」と「日向ぼこ」しているのは、同じ蔵で働く部下か、ここまで「醸造長」と苦楽を共にしてきた社長か。冬の季語「日向ぼこ」ののんびりとした気分が、今年の仕上がりは満足なものであるに違いないと思わせます。冬の日差しが美しく映える蔵の白壁も見えてきます。

新年の秀句

人気《ひとけ》なき収蔵室の淑気《しゅくき》かな

直木葉子（元美術館勤務）

選評

「収蔵室」の一語で博物館・美術館・資料館等の一室だとわかります。収蔵室は元々多くの人が犇《ひし》めく場所ではありませんが、あえて「人気なき」といい留める必然が下五で明らかになります。

「淑気」とは新春のめでたくなごやかな雰囲気を表現する季語。下五「淑気かな」という詠嘆によって、「人気なき」という状況は別の表情を持ちはじめます。自分以外のだれもいない収蔵室。一人仕事に出てきた作者は、新年の展示の用意でもしにきたのでしょうか。人のいない「収蔵室」という空間が「淑気」という体積で埋められている。そう感じる作者の心にこそ「淑気」が満ち満ちているのです。新たな一年の仕事の充実も想像できるかのような作品です。

新年の秀句

三河《みかわ》より瓦千枚初荷来る

みさを（稼業の事務担当）

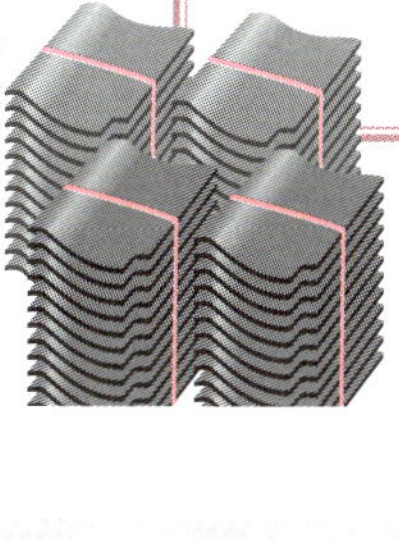

選評

「三河」は愛知県東部にあたります。現在では工業地帯として知られる三河の国。その「三河」から届く「初荷」である「瓦千枚」という数詞に、リアリティとめでたさがあります。俳句における百や千といった数詞は、数多いことの美称ですが、掲出句における「千枚」という数詞は具体的な数であると読んでもよいでしょう。新年に届けたり届いたりする荷物「初荷」は、一年の仕事のはじまりを意味する季語。正月早々「千枚」もの瓦が届くとは、景気のよい話ではありませんか。うずたかく積まれる「瓦千枚」の山を前に、さあ、今年も頑張って稼ごうよ！　という明るい闘志も伝わります。下五「初荷来る」の言葉の使い方の勢いが読み手の心も弾ませます。

春の俳句

立春から立夏の前日まで（二月四日ごろ〜五月五日ごろ）が春。ほのぼのとした明るさ、暖かさを表現しましょう。

おもな春の季語

時候	旧正月、早春、啓蟄《けいちつ》、春の宵、暖か、麗《うらら》か、長閑《のどか》、日永《ひなが》、木《こ》の芽時
天文	朧月《おぼろづき》、春一番、菜種梅雨、淡雪、陽炎《かげろう》、花曇、蜃気楼
地理	風光る、山笑う、水温む、雪崩《なだれ》、薄氷《うすらい》
生活	春日傘、潮干狩、花見、風船、しゃぼん玉、ぶらんこ、春眠、新入社員、雛祭、ゴールデンウイーク
行事	四月馬鹿、春祭、お水取り、開帳、花祭、バレンタインデー
動物	猫の子、蛙《かわず》、鶯《うぐいす》、燕、囀《さえずり》、桜鯛、白魚、蛤《はまぐり》、浅蜊《あさり》、蝶
植物	梅、椿、桜、花、沈丁花《じんちょうげ》、木《こ》の芽、柳、チューリップ、シクラメン、水菜、蒲公英《たんぽぽ》、青海苔

迷ひ根のたどり着きたる春の土

樹朋（樹木医）

選評

樹木の健康を診《み》るのが職業の樹木医、「伝承樹齢四〇〇年の桜に不定根を誘導する治療を行いました。幹の空洞にある地上部の露出した根を保護材で地中まで誘導し、根としての機能を持たせる治療です。三年後、根はしっかりと地中に達していました」と語る作者樹朋さん。そのままでは栄養を吸えない「迷ひ根」を豊かで柔らかな「春の土」へ導いてやるとは、なんという慈愛の営みでしょう。

しかも上五中七は「迷ひ根」自身がそうしたという語りになっています。人間はあくまで手助けをするだけであるという職業的意識なのかもしれませんが、根が自ら意志を持って伸び、「春の土」に至る。樹木医としての喜びを謙虚に表現した作品です。

春の秀句

「急患」と子雀届く保健室

よん子（元養護教諭）

選評

雀の雛は春、孵《かえ》って半月ほどで巣立ちます。頼りなくも小さく可愛い「子雀」は子どもたちにとっても守るべき観察対象なのでしょう。ある日、児童の一人が道端に落っこちている「子雀」を見つけます。動けない「子雀」を掌に載せ「急患！」と保健室に駆け込む子どもたち。

もちろん獣医師ではない養護教諭ですが、小学校保健室という仕事の現場には、こんな「急患」が運び込まれることもあります。子どもたちの心が健やかに育つよう見守ることも養護教諭の大事な役目。真剣な面持ちで見守る子どもたちと、怪我をした「子雀」のために、ささやかな治療がはじまろうとしている春の保健室です。

春の秀句

舌の下三寸あたりにて春愁《しゅんしゅう》

和人（経営コンリルタント）

選評

話し難い提案なのか、後味の悪い報告なのか、「舌の下三寸あたり」が居心地悪く重い……。経営コンサルタントという仕事は依頼主に解決策を提供し、発展を助ける職業。「舌先三寸」という言葉もありますが、舌を駆使する仕事という自嘲の上に「舌の下三寸」の「春愁」を感知しているのかもしれません。

「春愁」とは、すぐ解消するものではなく一定の長さをもって留まって存在する感情。「あたりにて」は、留まり続ける「春愁」を自覚しての言葉の使い方。ここのところずっと我が「舌の下三寸あたりに」留まっているこいつが「春愁」なのだと認識しながらも、告げねばならぬこともある。この職業ならではの悲哀と憂いの一句であります。

春の秀句

朧夜の反故《ほご》の山より墨匂ふ

金子 敦（筆耕業）

選評

「看板・表札・名札・リボン・式次第・封書の宛名などを毛筆で書いています」というのが作者の仕事。「かたはらに筆を置きたるまま夜食」という作品もあり、夜食をとる視線の先には書きかけの仕事が置かれているのでしょう。

作者の職業の予備知識はさておいて一句を率直に読んだとき、「朧夜《おぼろよ》の反故の山」とは手紙なのか、手書きの原稿なのか、読み手は思いを巡らせます。下五「墨匂ふ」という言葉の使い方は、「反故の山」が書道による反故であることを伝えつつ、季語「朧夜」の存在へと転じます。墨で書いた「反故の山」、湿度を帯びた「朧夜」。「墨」の匂いは、季語「朧夜」の濃淡を嗅覚として味わわせてくれるのです。

春の秀句

しゃぼん玉スヌーズレンは海模せり

富山の露玉

選評

「スヌーズレン」とは「障害が重い人たちでも楽しめるように、光、音、匂い、振動、温度、触覚の素材などを組み合わせたトータルリラグゼーションの部屋」なのだそうです。「海」を模した部屋にはどんな光が、音が、五感が満ちているのか。それを想像させてくれるのが季語「しゃぼん玉」です。次々に生まれる泡のような「しゃぼん玉」。その七色の膜が放つ光、弾ける泡の触感を思うとき、「海」を模した部屋の感触が我が手にありありと伝わってきます。障害を持たない人間が、障害を持つ人たちの五感を共有することは困難かもしれませんが、その溝を埋める想像力が、季語「しゃぼん玉」を起点に広がっていく。その事実にささやかな驚きと喜びを感じます。

佳作八六句

夕焼けの中に祈りの響く街
リバティーさん（元商社マン、中近東駐在）

研究室の部下と上司と水羊羹
ポメロ親父（とある研究所）

黒板の隅にちいさく藤だより
真木柱（教員）

倒産の秋夕焼のなかにゐる
関野無一

白シャツの襟開け琉球独立論
灯馬（行政学者）

朝焚火競りの合間の将棋かな
伸江（元鮮魚商）

味噌汁を作つて配る夜番かな
青萄（昔、麻雀荘の元やとわれ店長）

雪降るやセロの爪弾きいきいきと
朗善（スキーの好きなチェリストの妻）

缶詰の期限確かむ島の冬
青花（元沖縄離島の海洋リゾート勤務）

家計簿の誤差そのままにおでん煮る
谷山みつこ（主婦）

秀句選につづく八六句を紹介します。

決裁の印の横向く冬の窓
ひでやん（公務員）

起票して冬日のふいに差し込めり
遠音（経理系事務）

在庫の山どけて窓には帰り花
粗屋敷

旋盤を止めず手を出す桜餅
杉本とらを

獣医師の往診を乞ひ初電話
松尾千波矢（牛などの大動物の診療所事務員）

あと一の内申あればクロッカス
奈月（塾講師）

野に揺れる夢見ブーケに眠るバラ
白小雲（元フラワーコーディネーター）

事務机めがけてクーラーの強風
香雪蘭（一般事務）

鶏日を職場で過ごすこれも自由
こま（放送局勤務）

冬薔薇退官の日の空の色
彩楓

客送り戻るタクシー時雨月　ゐちらう
いちばん草をへて昼餉の時分かな　金太郎
夏の空骨が覚えていく社訓　芳井茶夢
空の巣のぺんぺん草を抜いてをり　ことまと（高齢主婦）
木枯しが吹くから仕事休みます　猫じゃらし
ピアスした子からまず泣き卒業歌　クラウド坂上（中学校教員）
耕して地の軸となる農婦かな　みなと（趣味としての農婦）
万本の苗を植え終へ冬に入る　誉茂子（晴耕雨読の夫の妻）
仕事納め廃車処分の依頼湧く　石川焦点（自動車の解体業）
お年寄り三十人と花を見て　天玲（公民館勤務）
ＣＭにモノ申す日々春炬燵　三重丸（元広告代理店勤務）
温室にパソコンおかれ農学部　登美子（娘婿が農学部の先生）

冬温しワルツにのって窓磨き　朧月（主婦）
夜業の手とめて我が子の背を撫でに　瓦すずめ（自営業）
吹奏楽の顧問になりて鳳仙花　源幸格三
掃除する背中を見居り冬の駅　星博美（ラーメン店の娘）
春暁の初電を初の指差喚呼　ヤッチー
大年の落暉眺める旅仕事　片道切符
銀行員妻独りなる年用意　かをり（主婦）
洗い上げ主夫に託して紅葉狩り　中野誠子（元公務員）
雲雀来るペープサートの読み聞かせ　葉月のりりん（図書館児童室の司書のお仕事）
短日や鍵っ子二人待つ家路　一生のふさく（フルタイム共働きの頃）
仕事だけは裏切りません去年今年　江口小春（イラストレーター）
輪に入れず皿片づけてお正月　ノクターン（専業主婦）

ドン底の折れ線グラフ冬旱
ちゃうりん（営業事務）

覚書こまごま残るお元日
まろう（専業主婦）

空っ風納期急かされ寝付ぬ夜
市川七三子（元事務員）

おつかいの子を見送りて冬茜
堺の攝子（米屋のおかみさん）

名ばかりの名刺や我は蜃気楼
宇摩のあかつき（元WEBクリエイター）

朗々と春の駅弁祭りかな
めぐる（結婚前、スーパーの店員）

破天荒急ぐ電話や大晦日
立待（365日24時間稼働の工場）

冬の暮職業欄に無職の字
大蚊里伊織（無職）

大晦日箒にもたれ微睡みぬ
ミヤちゃん（元美容師）

木枯らしやミュンヘン始業梅田四時
September（団体職員）

独身と死別に差あり一人鍋
ももたもも（税理士事務所勤務）

ねんねこの酒と煙草と化粧の香
凡鑽（女手一つで育ててくれた母）

見ぬ人の帯縫いあげる冬麗
京あられ（帯縫い）

初夏や音はたらかすホッチキス
武智しのぶ（百貨店事務部門）

バッグ掛け駅までダッシュ霜の朝
白石美月（生協）

流感の注射泣いても泣かんかった
きみこば（小児科医）

貸借も前年対比もしらぬ春
森子（会社員事務職）

装置止み週明け寒き実験室
多香子（主婦、教授秘書兼技術補佐員）

己が仕事正規に非ずと虎落笛
うしうし（学童指導員）

静けさの現場に集う小鳥かな
人見直樹（建築現場職場体験学習）

酔客の声知らぬふりクリスマス
南亭骨太（バンドマン）

息白く敬語講習開講日
茉莉花（オペレーター）

第九鳴る店今吾と一升瓶　しかこ（酒屋）
印刷工傾けし身の銀河へと　黛
数え日の命伝えるモニター音　縁（看護師）
夜間勤務の疲れ溶けだす朝寝かな　きのと
鳶職の孫寿がん江戸木遣り　いっけ
接待のカタコト英語聖五月　久我恒子（独身OL時代、事務補佐員）
回復の見ゆる検査値年の暮　みうら あこ（臨床検査技師）
明日帰る娘夫婦の布団干す　あねご（グータラママンの母業）
松の内入札清く澄みにけり　山崎ぐずみ（元建築工事の現場監督）
総勘の合わず残業クリスマス　桜姫5（元商社経理部計算課勤務）
晴れ晴れと書を選ぶ日の風光る　小田寺登女（元書店員）

早苗田や畔の小昼の笑い声　田中洋子
手の甲を向けてバイバイ花椿　豆腐太郎（ガイドヘルパー）
住職は立夏に死ねり除夜の鐘　大塚迷路
辻褄の合わぬも愉し花椿　立川六花（訪問介護）
うら若きサンタクロース街照らす　蝶々町長
トルツメの線慌し小夜時雨　山香ばし（出版）
白手袋の力拳や入校式　亜桜みかり（息子が航空自衛隊勤務）
教育事務所の卯月の朝や便器拭く　比々き（元掃除婦）
電柱に上る練習若葉風　ぼたんのむら（役所臨時職員・子は某電工に勤務）

おわりに
楽しくなければ俳句じゃない！

◎自作を投句してみよう

俳句をはじめると、自分の句を発表したくなるもの。

俳句は自己を表現するものである以上、人に読んでもらってはじめて完成するものではないでしょうか。ですから、できた作品はどんどん発表したほうがよいと思うのです。句会なり、新聞や雑誌の俳句欄なりに投句してみましょう。自作をほかの人がどのように読むのかを知ることは、実技を磨くうえで大事です。

私が選者を務めている無料で投句できる俳句サイトを下に紹介しておきます。

本文でも触れましたが、現在、全国には多くの俳句結社があり、その

●俳句ポスト365　http://haikutown.jp/post/

松山市が運営する俳句の投稿サイト。毎週お題を設定し、夏井いつきが優秀作を選び、結果をコメント付きでホームページ上で発表。365日、いつでもだれでもどこからでも投句可能。

多くは俳句の出版物である「俳誌（結社誌）」を定期刊行していて、その購読料を会費としています。また、投句料が必要なところもあります。結社に入ろうと思ったら、俳句雑誌や句集を参考に、好きな俳人の主宰する見本誌を取り寄せてみるのもよいでしょう。最近ではホームページを設けている結社も多いですから、調べてみることもできます。いずれにしても、主宰者の句風をよく知り、そのうえで句会に参加したり、俳誌に投句したりするなどして、その結社の会員になるかどうかを検討してもいいですね。

私自身は、結社という組織ではなく、「俳句集団『いつき組』」という団体を作り、組長を名乗っています。とくに組員資格も名簿もなく、垣根がまったくない集まりです。「俳句の種まきをみんなでやろう」という趣旨のもと、「100年後の未来を俳句で作ろう」というプロジェクトに賛同した人たちが集まって俳句を楽しんでいるのです。「私も入りたい！」と思った瞬間から「いつき組」を名乗っていただいて大丈夫！

愛媛県内、東京、大阪、福岡、高知などで開かれている句会では、句会費が必要になりますが、「いつき組」そのものの会費はありません。

また、年四回、私の俳句とエッセイ、誌上句会を主とした「俳句新聞『いつき組』」（有限会社マルコボ．コム発行）を出しています。

また、全国各地で句会ライブを開催しています。句会ライブとは、大勢の人が同時に楽しめる新しいスタイルの句会です。私のブログ「夏井いつきの100年俳句日記」でもご案内しておりますので、興味のある方は実際に参加してみるのもおすすめです。

「選は創作なり」とは、高浜虚子の言葉です。作句は創作だけれど、選句もまた創作ということ。鑑賞能力にも通じる言葉ですが、初心者は初心者の作品を選ぶものです。自分がいい句だなと思った作品に印をつけておき、句歴を重ねて後年それを見ると、そのときの鑑識眼の低さに驚くかもしれません。創作能力の限界が鑑賞能力の限界でもあるのです。

◎いざ、吟行へ！

ペンと俳句を書きつけるノートと歳時記を持って、ときには吟行に出かけるのも楽しいもの。吟行とは、俳句の材料を求めて景色のよい場所や名所・旧跡などに出かけること。俳句仲間ができたら、どんどん吟行

●俳句新聞『いつき組』に関するお問い合わせは
メールで以下のアドレスにお願いします。
✉ kumi@marukobo.com
●夏井いつきの 100 年俳句日記
http://100nenhaiku.marukobo.com

夏井いつき愛用の俳句手帳。びっしりと書き留められた「俳句の種」を吟味しながら、集中して一気に数十句を作句するという。

に出かけ、季語の現場を体験しましょう。

私は、手帳サイズの小さな句帳をいつも身につけ、日々自分が見つけた俳句の種や出会った季語をメモしています。ページの上半分が無地で、下半分に罫線が入っているものを長年愛用しています。さまざまなタイプが市販されていますので、ご自身が使いやすいものを自由に選ぶとよいでしょう。

最近では句帳を持たず、スマホにメモする人もよく見受けられます。

歳時記については本文でも紹介しましたが、使いやすいものを選びましょう。電子辞書も携帯に便利です。

◎俳句は生きるためのツール

句会ライブでは、俳句の魅力をこんなふうに語ってくれた方もいました。

「俳句は人生の浮き沈みに付き合ってくれる恩人」「うつ状態で家事ひとつできない毎日だったのが、俳句を作るようになってからはつまらないことを考えなくなり、知らないうちに回復していました」「妻の死がショックでまるで暗い水底にいるような日々でした。俳句のない人生なんて考えられない」「孤独な毎日だったのが、句会ライブをきっかけに多くの俳句仲間ができました。こんな温かい人たちに囲まれたのははじめて」……。

生きていれば、いいことばかりではなく、イライラすることや落ち込むことだってあるでしょう。老いや病気、さまざまな出来事にも遭遇します。そんなときは、そのありのままを俳句に詠んでみるのです。

十七音の中では、取り繕ったり、かっこうをつけたり、背伸びしたり、本心を隠そうとしたりすることはできませんから、その句には等身大の自分が表れます。俳句を作ることに集中していると、考えても意味のないことや、つまらないことに意識が向かわなくなってきます。起こっていることを客観的に見たり、自分自身を再認識したりすることもできるでしょう。

俳句とは、心のもやもやをリセットし、自分をニュートラルにしてくれるツール。まるで美しい宗教をひとつ自分の中に持っているかのような心持ちにさせてくれます。意味もなく惑うことがなくなり、ありのままを受け入れることができるようになってくるでしょう。ちょっとやそっとでは動じない、スーッとまっすぐな核ができ、心の奥底に清らかな泉のような感情が湧きやまない——。

俳句を通じて、そんな感覚をぜひ味わってみてください。

著者

夏井いつき
（なつい・いつき）

ＴＢＳ系バラエティ番組『プレバト!!』で俳句ブームに火をつけた人気俳人。俳句集団「いつき組」組長。「100年俳句計画」の志を掲げ、俳句の豊かさ、楽しさを伝えるべく、テレビ、ラジオ、雑誌、新聞、webの各メディアをはじめセミナー、句会ライブなどで活躍中。
2015年より俳都松山大使。

夏井いつきの
超カンタン！ 俳句塾

発行日　2016年7月10日　初版第1刷発行
　　　　2017年4月15日　　第12刷発行

著者　夏井いつき
発行者　小穴康二
発行　株式会社世界文化社
〒102-8187
東京都千代田区九段北4-2-29
電話03-3262-5118（編集部）
電話03-3262-5115（販売部）
印刷・製本　中央精版印刷株式会社

デザイン　門川純子
佐々木恵実（ダグハウス）
撮影　西山 航　岡田ナツ子
ヘアメイク　kyong hee
着付け　宮澤 愛（東京衣裳株式会社）
衣装協力　株式会社東郷織物
イラスト　湯沢知子
編集協力　桑原順子
編集　三宅礼子
校正　株式会社円水社

ISBN978-4-418-16217-8